LA
SIRÈNE DU LUXEMBOURG

OU

L'AMOUR ET LA POLICE,

COMÉDIE–VAUDEVILLE EN DEUX ACTES,

Par MM. DE BIÉVILLE et *.**

Représentée pour la première fois, à Paris, sur le théâtre des VARIÉTÉS, le 30 Juillet 1847.

Prix : 50 centimes.

PARIS,

BECK, ÉDITEUR,

RUE GIT-LE-CŒUR, 12.

TRESSE, successeur de J.-N. BARBA, Palais-Royal.

1847.

LA SIRÈNE DU LUXEMBOURG

OU

L'AMOUR ET LA POLICE,

COMÉDIE-VAUDEVILLE EN DEUX ACTES ;

PAR MM. DE BIÉVILLE ET ***.

Représentée pour la première fois, à Paris, sur le théâtre des VARIÉTÉS,
le 30 Juillet 1847.

PERSONNAGES.		ACTEURS.
ARISTIDE LECOQ, étudiant......................................		MM. CHARLES PÉREY.
LECOQ, son père, chef de bureau au département de la police.......		DUSSERT.
RIFOLET, inspecteur au jardin du Luxembourg...................		DESJARDINS.
M. HIPPOLYTE ***, membre du directoire.......................		SAINT-JUST.
CLARENCE SANNOIS, ex-danseuse............................		Mmes CONSTANCE.
FANNY, sa femme de chambre................................		POTEL.
FÉLICITÉ GUIBERT, maîtresse de table d'hôte................		JOLLIVET.
GEORGES, domestique de Mademoiselle Sannois................		MM. CHARIER.
UN CAPORAL..		ROCHE.
DEUX HUISSIERS DU PALAIS................................		{ ERNEST. { ADOLPHE.
SOLDATS , PEUPLE..		

La scène se passe à Paris en 1798.

ACTE PREMIER.

Une allée du Luxembourg, près du palais ; deux statues, une à droite, une à gauche et devant chaque statue un banc de pierre.

SCENE PREMIERE.

RIFOLET*, FÉLICITÉ, *Ils entrent de la droite.*

FÉLICITÉ.

Mais quel heureux hasard que je vous aie rencontré tout de suite, cousin Rifolet ! On m'avait bien dit que vous étiez un des inspecteurs du jardin du Luxembourg...

RIFOLET.

Oui... Oui, cousine Félicité... ou plutôt madame veuve Guibert... car j'ai su que vous aviez l'avantage d'être veuve ; recevez-en mon compliment bien sincère ; mais depuis 1795, que j'ai mangé chez vous à Caen, de ces délicieux ragoûts à la mode de votre pays, voilà trois ans... j'étais si loin de m'attendre.... Quelle affaire vous amène donc à Paris ?

FÉLICITÉ, *avec explosion.*

Ah ! cousin Rifolet !... Connaissez-vous M. Lecoq ?...

RIFOLET.

Le sous-chef au département de la police... qu'est-ce que ?

FÉLICITÉ.

S'il ne faut pas que tout se réunisse ponr me désespérer... Arrivée hier au soir... aujourd'hui de bonne heure, je voulais lui parler...

RIFOLET.

Il est depuis ce matin, avec toute sa division, auprès des directeurs... ici, au palais du Luxembourg...

FÉLICITÉ.

Aussi... je n'ai pu le voir... Ah ! je suis dans des états !... Il a un fils, ce M. Lecoq...

RIFOLET.

Je l'ai ouï dire en effet...

FÉLICITÉ.

Ah ! cousin Rifolet, si vous connaissiez cet être-là !...

RIFOLET.

Le père Lecoq ?...

* Rif, Fél.

FÉLICITÉ.

Non... le fils...

RIFOLET.

Il n'est pas beau !

FÉLICITÉ.

Le fils ?

RIFOLET.

Non, le père !

FÉLICITÉ.

C'est possible ! mais le fils ! quel assemblage enchanteur de tous les agréments, au physique et au moral... beau, bien fait, une jambe de danseur !... Ah !... son père l'avait envoyé a Caen pour faire son droit... et quels succès il a eu... son esprit, sa tournure, sa mise surtout, aussi éblouissante qu'avantageuse, l'avaient rendu la coqueluche de toutes les dames...

RIFOLET.

Et vous ?

FÉLICITÉ.

Restée veuve à la fleur de l'âge, comme j'ai toujours aimé la société, je tenais une table d'hôte, où je n'admettais que des personnes du meilleur genre... Naturellement Aristide Lecoq était du nombre... Que vous dirais-je ?... L'habitude de nous voir tous les jours, plutôt deux fois qu'une, aux heures des repas... il était si bien... et moi, par malheur...

RIFOLET.

Vous le distinguâtes ?

FÉLICITÉ.

D'autant plus que de son côté... Aristide... je le croyais du moins...

RIFOLET.

Et vous ne le croyez plus...

FÉLICITÉ.

Ah ! ce serait un fourbe, un faussaire... un indélicat !.. car il s'était déclaré... et un jour même... jour de joie et de bonheur, qu'en m'offrant sa main, il me demanda...

RIFOLET.

La vôtre !..

FÉLICITÉ.

Non, trente pistoles dont il avait besoin pour se faire confectionner un habillement complet à la dernière mode... il alla jusqu'à me signer...

RIFOLET.

Un billet ?..

FÉLICITÉ.

Non, une promesse de mariage...

RIFOLET.

Qu'il refuse d'acquitter...

FÉLICITÉ.

Oh ! si j'en étais sûre !.. mais non, c'est impossible... pourtant depuis huit jours il a cessé de paraître à ma table d'hôte, je m'informai, personne ne le rencontrait plus... il avait quitté son garni... enfin il avait disparu !...

RIFOLET, *souriant*.

Disparu !...

FÉLICITÉ.

Mais je n'ai pas hésité !.. j'ai arrêté ma place à la diligence, car il faut que je le retrouve le perfide !.. et s'il me trompe ! s'il me delaisse pour une autre ! oh ! je serai dans le cas de me porter à des extrêmités !.. qui mettront désormais les agréments de son physique hors d'état de faire d'autres victimes ! (*Elle pleure.*)

RIFOLET.

Ecoutez donc, cousine, vous l'accusez peut-être à tort, ce jeune homme !.. (*Mystérieusement.*) si en Normandie on enlève les beaux garçons comme à Paris...

FÉLICITÉ.

Enlevé !.. on aurait enlevé mon Aristide !.. que signifie ?

RIFOLET.

Ah ! des choses mystérieuses, extraordinaires, qui, en ce moment occupent toute la capitale ; mais je vous raconterai cela tantôt* ...car je vois déjà les promeneurs qui arrivent dans le jardin... et je dois retourner à mon poste... dans une couple d'heures, je serai libre...

FÉLICITÉ.

Oh ! oui... n'est-ce pas, cousin... je compte sur vous, pour m'accompagner dans mes démarches ; il faut que vous m'aidiez à retrouver...

RIFOLET.

Certainement, cousine, et de plus, si vous voulez me faire cet honneur, je vous présenterai à ma future...

FÉLICITÉ.

Comment, vous allez vous marier ?

RIFOLET, *avec importance*.

Avec une jeune personne, très bien posée... un mariage superbe !... la femme de chambre !.. d'une belle dame, Mademoiselle Clarence Sannois qui est sur le point d'épouser un de ces messieurs du directoire.

FÉLICITÉ.

Ah ! mon Dieu ! à propos, j'ai une lettre à remettre à un de ces fameux directeurs...

RIFOLET.

Une lettre !

FÉLICITÉ.

Oui... hier au soir... à l'auberge du dernier relai... un jeune homme qui était là, malade, depuis trois ou quatre jours... il allait envoyer cette lettre à la poste... mais comme j'étais seule dans la diligence, il m'a fait prier de m'en charger pour qu'elle parvînt plus vite... (*Cherchant dans son ridicule.*) Allons, je l'ai justement laissée à mon hôtel...

* Félicité, Rifolet. *Promeneurs au fond.*

RIFOLET.

Eh bien ! rapportez-là tantôt... nous la ferons tenir...

Air :

Mais il le faut, je cours bien vite,
Cousin', me rendre à mon devoir;
Pardon, si déjà je vous quitte...
Mais sans adieu, jusqu'au revoir !

FÉLICITÉ.

Oui, monstre et perfide Aristide,
Si par toi je me vois trahir,
Le juste courroux qui me guide
Ici doit te faire frémir.

ENSEMBLE.

Avec zèle, il faut qu'on s'acquitte
Je le sais bien de son devoir,
Adieu, cousin, mais au plus vite,
J'espère en ces lieux vous revoir !

RIFOLET.

Oui, de ce pas, je cours bien vite,
Cousin', me rendre à mon devoir,
Excusez-moi, si je vous quitte,
Mais il le faut ! jusqu'au revoir !

(*Ils sortent, Félicité par le premier p lan à gauche, Rifolet par le fond à droite. — Pendant la fin de la scène on a vu des promeneurs des deux sexes allant et venant dans le fond.*)

SCÈNE II.

MADEMOISELLE SANNOIS, FANNY'.

(*Les promeneurs se dispersent petit-à-petit.*)

FANNY, *entrant la première par le troisième plan à gauche, et courant vers la droite en regardant au loin.*
Je ne me trompe pas...

MADEMOISELLE SANNOIS.

Eh bien ! Fanny, où cours-tu donc ainsi ? Que regardes-tu ?

FANNY.

C'est Rifolet, mon prétendu... nous aurions pu savoir par lui, s'il n'est pas un peu trop tôt pour nous présenter...

MADEMOISELLE SANNOIS.

Je le crains en effet, mais je n'ai pu résister à mon impatience... puisqu'Hippolyte n'est point venu me voir hier, comme il a l'habitude de le faire tous les jours... quelle fatalité !... oh ! oui... je n'en puis douter, il sera arrivé avant hier, juste au moment...

FANNY.

Où ce jeune homme s'enfuyait... il l'aura vu bien sûr... ces hommes, ça voit toujours ce que ça ne devrait pas voir !

' Mademoiselle Sannois, Félicité.

MADEMOISELLE SANNOIS.

Et lui qui est si ombrageux, si jaloux... tu sais pourtant si j'ai le moindre reproche...

FANNY.

Mais a-t-on idée d'une chose pareille... faut-il être audacieux... le jour même où nous sommes venues nous installer dans cette jolie habitation d'été que nous avons louée rue de Fleurus... un jeune homme... oser s'introduire le soir près de vous, sans vous connaître...

MADEMOISELLE SANNOIS.

Si fait, je le connais, par malheur ; quand j'étais à l'Opéra, M. Danvin a plus d'une fois essayé de me faire la cour...

FANNY.

Ah ! c'est ce merveilleux dont on vante partout le luxe et la toilette ! enfin qu'on appelle le roi des muscadins !

MADEMOISELLE SANNOIS.

C'est pour se venger, sans doute, de ce que j'ai toujours repoussé ses hommages, que ce M. Danvin a tenté la démarche inconvenante dont je serai la victime...

FANNY.

Ah ! ne craignez pas ça, Madame ; puisque M. Hippolyte vous a tant suppliée de quitter le théâtre pour vous épouser... il faut qu'il vous aime passionnément, lui, qui est membre du directoire, un des cinq rois de France, comme on les nomme, et puis, je réfléchis... il faisait trop noir, avant-hier, pour que M. Hippolyte ait pu reconnaître ce beau M. Danvin...

MADEMOISELLE SANNOIS.

Eh bien !

FANNY.

Mon Dieu ! avec un peu d'adresse, est-ce qu'on ne pourrait pas lui faire entendre que c'était un cousin, un frère, par exemple !

MADEMOISELLE SANNOIS.

Folle !... ce serait exciter davantage encore ses soupçons jaloux... ne sait-il pas bien que je suis orpheline... que je n'ai jamais connu ma famille !..

FANNY.

Air : *de sommeiller encore.*

Vraiment, c'est incompréhensible !
Le sort vous trait' bien sévèr' ment.
Quoi ? vous n'avez, est-ce possible ?
Pas un oncle, pas un parent !
Lorsque tant d' gens s'en trouv'ut des kirielles,
Et que tout's les femmes, c'est bien mieux
Ont pour le moins un cousin... hormis celles,
Qui, moi, j'en connais en ont deux !
Les femm's ont tout's un cousin, hormis celles,
Qui, par prudence, ont soin d'en avoir deux !

MADEMOISELLE SANNOIS.

Enfin... je m'inquiète à tort... peut-être... et c'est ce dont il me tarde de m'assurer...

FANNY.

Tout le monde vous est dévoué dans le palais...
les huissiers, les gardiens... et il vous sera facile...
(*Pendant ces derniers mots, un maçon couvert
de plâtre, a traversé le théâtre, entrant par le
fond à gauche, et sortant par le premier plan
à droite*).

SCENE III.

LES MÊMES. ARISTIDE *.

ARISTIDE, *entrant par le premier plan à droite, à
la cantonnade, avec colère.*

Manant! maladroit, malhabillé! Je vous demande un peu... dans un jardin public être ex-
posé... (*Retournant à la cantonnade*). Au moins
quand on porte des vêtements imprégnés de
corps étrangers, on ne heurte pas les gens de
manière à les faire changer de couleur...

MADEMOISELLE SANNOIS, *se retournant.*

Qu'est-ce donc?

ARISTIDE, *à lui-même sans voir les dames.*

Heureusement, je suis en négligé... (*Tout en
tirant son mouchoir pour s'essuyer, il s'est re-
tourné et fait voir un côté de ses vêtements blanc,
tandis que l'autre est d'une couleur foncée*).

MADEMOISELLE SANNOIS, *riant.*

Ah! ah! ah! ah!

ARISTIDE, *levant les yeux, et riant aussi en les
voyant.*

Ah! ah! ah! ah! (*A part*). Charmantes femmes,
ma foi! (*Haut*). J'ai l'avantage de faire rire ces
dames... je suis flatté!...

MADEMOISELLE SANNOIS.

Monsieur!...

ARISTIDE, *riant encore.*

Au fait, ce vêtement mi partie noir et blanc...
doit me donner l'air d'une pie gigantesque.

MADEMOISELLE SANNOIS.

Veuillez croire, Monsieur, que c'est sans inten-
tion de vous humilier... bien loin de là, nous
prenions part à votre mésaventure!...

ARISTIDE.

Oh! alors!.. (*A part.*) Cette dame est char-
mante!.. (*Haut.*) Du moment que vous prenez
part... je n'en veux plus à ce bélitre, au contraire, je lui rends grâce, je le bénis!.. (*Se tournant vers la cantonnade.*) Je te bénis, bélitre!

FANNY, *riant à part.*

Est-il drôle!

ARISTIDE.

Si j'ai des reproches à adresser à un drôle, à
un maroufle, c'est à moi, à moi seul!

MADEMOISELLE SANNOIS,

Comment, Monsieur?

* Fanny, Mlle Sannois, Aristide.

ARISTIDE.

Sans doute, belle dame, m'être emporté comme
un vil charretier! devant une personne... devant
deux personnes même... car, Mademoiselle, que
j'estime votre camériste, me paraît aussi fort dis-
tinguée pour son état...

FANNY, *se retenant de rire.*

Tiens! mais on s'en flatte!

ARISTIDE.

Je pouvais vous effaroucher, vous faire fuir
comme deux biches timides, me priver d'un aspect auquel je sacrifierais désormais habit, gilet,
veste et cætera!

MADEMOISELLE SANNOIS.

Monsieur!

ARISTIDE.

Oui belle dame!.. et cætera!

MADEMOISELLE SANNOIS, *souriant avec ironie.*

En vérité, Monsieur, vous êtes d'une poli-
tesse... votre conversation est si agréable... je
regrette vivement de n'en pouvoir jouir davantage mais une affaire importante m'appelle au palais du Luxembourg...

ARISTIDE.

O ciel!... Je vais donc rester avec le souvenir
du bonheur fugitif que le hasard m'a procuré...
mais quoique demain peut-être je doive quitter
la capitale, je ne désespère pas qu'il ne me favorise encore d'une si précieuse rencontre... le hasard me le doit... il devient mon débiteur le hasard....... et je vous déclare que je me montrerai
un créancier acharné!

Air : *du Piége.*

Sans pitié, je le poursuivrai,
Mais c'est une dette, sans doute,
Qu'il acquittera de bon gré;
Car de me faire banqueroute
Pourrait-il être soupçonné?
Non, le hasard, dans ce jour favorable,
S'est avec moi, montré trop fortuné
Pour que je le croie insolvable (*Bis.*)

MADEMOISELLE SANNOIS, *saluant.*

Encore une fois, Monsieur, veuillez bien m'excuser... viens, Fanny...

FANNY, *bas à sa maîtresse.*

Oh! madame, il est temps, j'allais éclater!

MADEMOISELLE SANNOIS, *de même.*

Je t'avoue que j'avais moi-même beaucoup de
peine à garder mon sérieux : quel singulier personnage! (*Elles s'en vont par la gauche en riant;
au moment de sortir, Fanny se retourne et fait
une révérence moqueuse à Aristide.*)

SCENE IV.

ARISTIDE, *seul, les suivant des yeux.*

Voilà! voilà l'effet que je produis toujours sur

la beau sexe!.. Que serait-ce donc ? Que serait-
ce, pauvres anges, si, au lieu de paraître sous ce
négligé peu galant, je m'étais montré dans mon
costume d'incroyable irrésistible... Mais, hélas! de
toute ma splendeur, voilà ce qui me reste... Cette
redingote, ce chapeau râpé... Depuis six mois, le
cœur paternel pousse l'économie domestique.....
jusqu'à me refuser le moindre subside sous le
prétexte ridicule que j'ai mangé ma pension d'a-
vance... Comment trouvez-vous ça ? En voilà un
défaut de logique! car enfin... si je n'avais pas
mangé mon argent je n'aurais pas besoin d'en demander! si j'en demande, c'est justement parce
que j'ai tout mangé, c'est clair! ah! ah! aussi
quelle bonne vie j'ai mené là-bas, dans ce beau
pays de Caux ! Comme les écus de six livres rou-
laient aux fêtes, aux bals, aux parties fines! et
allez donc... et la toilette, quel genre! je peux
dire que je payais de ma personne... malheureusement j'ai fini par ne plus pouvoir payer qu'avec
cette monnaie-là, si bien qu'un beau jour il m'a
fallu déserter le théâtre de mes exploits! Dettes
d'argent, dettes de cœur! J'aurais succombé sous
le nombre de mes créanciers et de mes créan-
cières... Félicité surout.. la veuve Guibert, à qui,
dans un moment d'abandon, j'ai eu l'imprudence
de consentir une hypothèque sur mon individu!..
C'est qu'elle me persécutait pour me forcer à la
purger l'hypothèque... (*Il rit.*) l'hypothèque!..
Elle est d'une impatience, cette Félicité est d'une
jalousie! ne parlait-elle pas de se porter sur mon
visage à d'horribles voies de fait!.. ça m'avait
suggéré l'idée de porter des besicles ; j'aurais été
joli garçon... non, non! palsambleu! ce n'est pas
une simple maîtresse de table d'hôte qu'il me faut!
c'est ici, c'est à Paris que je puis espérer le seul
destin digne de mes avantages... il ne s'agit plus
que de les mettre en évidence, en circulation....
malheureusement pour faire valoir ce genre de
capital, il faut des dehors brillants, magnifiques, et
fort chers, et je n'ai à toucher que le cœur du respectable auteur de mes jours....... lequel est furieux... c'est au point que si je le voyais là, devant
moi, orné de son auguste carmagnole... je n'oserais vraiment aborder ni lui, ni la question... (*Il
s'assied sur le banc, à droite; Lecoq vient d'entrer du même côté, par le fond, absorbé dans ses
pensées.*)

<hr>

SCÈNE V.

ARISTIDE, LECOQ*.

LECOQ.

Comment, je ne trouverai pas le moyen de dé-
couvrir ce mystère infernal... il le faut pourtant...

____

* Lecoq, Aristide.

sinon, destitué sans rémission... (*Il s'assied sur
le banc à gauche, en tournant le dos à Aristide.*)

ARISTIDE, *assis.*

Quel est donc ce vieillard qui s'abîme... dans
le désespoir...

LECOQ, *se frappant le front.*

Ah ! malheureux fonctionnaire public, et plus
infortuné père...

ARISTIDE, *à part.*

Père, je soupçonnerais celui-ci d'être le mien,
n'était le costume ordinaire que je lui connaissais... et la déplorable habitude que je ne lui
connaissais pas de se donner des coups de poing
par la tête... voyons donc pourtant... (*Il se lève,
s'approche, ôte son chapeau et salue.*) Monsieur...

LECOQ, *lui tournant le dos et rudement.*

Passez votre chemin... je ne peux rien vous
faire...

ARISTIDE, *à part.*

Ah ! bon ! c'est lui, c'est mon père!.. je devais
m'y attendre... (*Haut.*) Voilà pourtant ce que
vos lettres comportent depuis six mois... ô mon
père?

LECOQ, *à lui-même sans se retourner.*

Son père! mais il n'y a que mon fils qui ait le
droit de me qualifier ainsi... (*Se levant.*) Alors
donc... vous seriez... tu serais...

ARISTIDE.

En personne...

LECOQ.

Aristide!

ARISTIDE.

Mon père! je ne vous reconnaissais pas d'a-
bord... vous croyant voué à tout jamais à la mode
étriquée de 93...

LECOQ.

La carmagnole?.. ça ne se porte plus... mais
dis-moi donc, drôle !

ARISTIDE, *reculant.*

Doucement, je viens de m'apercevoir que vous
aviez contracté l'habitude de certains gestes fort
malsains... et je serais désolé que cette habitude
s'étendît jusqu'à moi...

LECOQ.

Mais, que viens-tu faire ici ? Quel motif te ra-
mène dans ton pays natal?..

ARISTIDE.

A tous les cœurs bien nés que la pat...

LECOQ, *l'examinant.*

Malheureux !.. voilà donc où t'ont réduit tes
dépenses désordonnées...

ARISTIDE.

Eh bien! oui... j'en conviens... la toilette
coûte si cher!.. (*Se posant.*) Mais voyons, je vous
en fais juge... est-ce que le tableau ne demandait
pas un cadre digne de lui?..

LECOQ, *souriant avec satisfaction.*

Sans doute, la nature t'a richement doté...

quant au physique... et quand j'y pense... c'est heureux encore qu'étant si remarquablement bien, tu te sois trouvé loin de Paris... car peut-être...

ARISTIDE.

Quoi donc?

LECOQ.

Ah ! mon cher Aristide, tu as devant les yeux un sous-chef de bureau au département de la police, dans une passe bien cruelle... dans la passe de se voir destitué...

ARISTIDE.

Destitué !.. vous !.. un employé modèle... et pourquoi, grands Dieux !

LECOQ.

Pour des choses inouies, pour des rapts inusités jusqu'à ce jour !.. pour des jeunes gens enlevés...

ARISTIDE.

Enlevés !.. ces jeunes gens étaient donc ?..

LECOQ.

Ce qu'il y a de mieux en ce genre... depuis quinze jours environ, sept ont disparu !.. et comme je te le dis... tout ce qu'il y a de mieux... des familles les plus distinguées... beaux, riches...

ARISTIDE.

Et disparus tout-à-fait... éclipse totale ?..

LECOQ.

C'est-à-dire au bout de quelques jours...

Air : du Charlatanisme.

Six ont reparu... mais, hélas !
Quelle épouvantable aventure !
Dépouillés et dans des états
A faire frémir la nature...
Plus de bijoux, ni plus d'argent,
Bref, on leur a pris, sans scrupule,
Chapeaux, habits. jusqu'à...

ARISTIDE.

         Ça se comprend
Enfin tout (*frissonnant*) hum ! heureusement
Nous sommes dans la canicule !

LECOQ.

C'est dans une promenade publique, au palais Égalité, au jardin des Tuileries, ou dans celui-ci, qu'une femme, une Sirène, dont ils n'ont pu donner le signalement, car elle prend toutes les formes; tous les costumes, les attirait, les fascinait et finissait par leur donner un rendez-vous dans un lieu quelconque, à la nuit...

ARISTIDE.

Voyez-vous ça !

LECOQ.

Et de là ils étaient conduits dans un repaire... qu'ils ne peuvent faire connaître non plus, vu qu'on les en a éloignés aussi, la nuit, et les yeux bandés...

ARISTIDE, *frissonnant.*

Hum ! hum ! ceci me paraît tenir des romans de mistriss Anne Radecliffe...

LECOQ.

Tu comprends combien il importe à la sûreté générale que les fauteurs de cette criminelle intrigue soient connus !.. d'autant plus que depuis cinq jours la septième victime n'a pas donné signe d'existence... aussi toute la division dont je fais partie a été appelée ce matin devant les membres du Directoire, qui sont furieux... et c'est moi qu'on a spécialement chargé de la découverte des coupables... si je réussis, j'ai l'assurance d'être promu au grade de chef de bureau... dans le cas contraire...

ARISTIDE.

Destitué à perpétuité... Diable !

LECOQ.

Tout-à-l'heure encore je cherchais un moyen, une idée...

ARISTIDE.

Une idée, il m'en vient une, à moi...

LECOQ.

Vraiment !

ARISTIDE.

C'est que vous me donniez à l'instant des fonds pour retourner... à Caen... ou plutôt non... à Carcassonne, à Marseille, au bout du **monde.....**

LECOQ.

Par exemple !

ARISTIDE.

Ah ! on enlève les beaux garçons ici ! Je ne veux pas rester plus longtemps !...

LECOQ.

Et pourquoi ?

ARISTIDE.

Pourquoi ?... J'aime assez ce pourquoi... Mais encore une fois, regardez-moi, papa, mirez-vous dans votre ouvrage...

LECOQ, *souriant en se frottant les mains.*
Oui... oui, oui !..

ARISTIDE.

Mon aspect vous rend fier, n'est-ce pas?

LECOQ.

Non.. non.. non ! Ce n'est pas ça... un moyen sublime qui surgit dans mon imagination... Oui... je vais mettre ma bourse à ta disposition...

ARISTIDE.

Bah !..

LECOQ.

Mais non pas pour que tu quittes Paris... Te sens-tu capable au contraire, d'y faire la plus brillante figure...

ARISTIDE, *se caressant.*

Moi !... Ah ! papa, la question me semble intempestive... mais...

LECOQ.

Tu ne comprends pas ?.. du moment, comme tu le dis fort judicieusement, qu'on n'enlève que les beaux garçons... en te promenant aux Tuileries, au Luxembourg, au boulevart de Coblentz et autres lieux publics, ta bonne mine, ta mise opulente, ne manqueront pas d'attirer les regards de la Sirène... et alors...

ARISTIDE*.

Et alors... je serai enlevé, merci...

LECOQ.

Qu'est-ce que tu risques?

ARISTIDE.

Comment! qu'est-ce que je risque ?.. Et la septième victime qui n'a pas encore reparu.. vous m'exposeriez sans remords, à devenir la huitième dans le même genre... (*Avec une amertume comique.*) Ah!

Air : *des Amazones.*

Ainsi livrer un enfant qui vous aime!
Quoi, votre cœur ne se révolte pas?
Mais, quelle idée! oh! non, c'est un blasphème
A votre cœur, pourtant, peut-être, hélas!
La voix du sang ici ne parle pas.
Du haut du ciel, ma respectable mère,
Vois quelles sont mes transes aujourd'hui!
Ne suis-je donc pas le fils de mon père?
Ah! ce serait bien pénible... pour lui!
Si je n'étais pas le fils de mon père,
Oui, ce serait bien peu flatteur pour vous!

LECOQ.

Qu'est-ce que tu dis, malheureux! mais tu es tout mon portrait...

ARISTIDE, *à part.*

Oh!

LECOQ.

Et j'irais te sacrifier.... non... d'abord je ne te perdrai pas de vue... une patrouille grise, au chef de laquelle je donnerai mes instructions sera toujours là dans l'ombre, pour te protéger et s'emparer des délinquants, sans coup férir....

ARISTIDE.

Sans coup férir... j'aimerais mieux sans en recevoir...

LECOQ.

Songe donc aux avantages qui résulteront du succès de cette expédition... pour toi surtout... la gloire d'avoir rendu un service éminent à la capitale... et qui sait .. si devenu par le fait même un homme important... après avoir donné dans l'œil de notre Sirène, tu ne donneras pas dans celui de quelque riche héritière...

ARISTIDE.

Oui... oui... oui .. J'y donnerai!.. ça me décide !.. ça me décide !... pourvu que la patrouille grise soit toujours là...

LECOQ.

Sois tranquille, voici ma bourse... elle est suffisamment garnie...

ARISTIDE, *avec dédain.*

Toujours de vos assignats... peut-être...

* Aristide, Lecoq.

LECOQ.

Non... d'or et de monnaie blanche... cours, dépêche-toi de te rafistoler de la façon la plus séduisante... imite les manières et le langage de nos jeunes muscadins !

ARISTIDE.

Soyez tranquille papa, je parle comme Gagat. ma petite paole panachée! . dans un instant vous me verrez éblouissant de toilette et de bijoux!.. (*Fausse sortie.*)

LECOQ.

Dis donc ! à propos de bijoux... on travaille très bien le similor à présent...

ARISTIDE.

Fi donc, mon père ! rien n'est beau que le vrai...

LECOQ.

Enfin, tu as carte blanche...

Air : *de Nicolas Poulet.*

Va, de ton goût, je grille,
D'avoir l'échantillon!

ARISTIDE.

Adieu! je pars chenille,
Et reviens papillon.

ENSEMBLE.

LECOQ.

Va, de ton goût, je grille
D'avoir l'échantillon.
Sauve de ta famille
La réputation.

ARISTIDE.

Vous verrez si je brille!
Et comme j'ai bon ton !
Adieu, je pars, etc.

(*Aristide sort par la gauche.*)

SCÈNE VI.

LECOQ, *puis* RIFOLET, *et ensuite* MADFMOISELLE SANNOIS.

LECOQ, *se frottant les mains.*

Oui, ma foi, grâce à cette combinaison machiavélique, il est impossible que tous les moyens de séduction d'Aristide... et il en a, Dieu merci!.. ne semblent pas une proie fort appétissante...

RIFOLET, *entrant par la droite*.

Ah! salut et santé, monsieur Lecoq... je vous rencontre à propos...

LECOQ.

Que me voulez-vous, Rifolet?

RIFOLET.

Il n'est pas indiscret que je crois de vous demander si vous avez des nouvelles de votre fils !..

* Lecoq, Rifolard.

LECOQ.

Mon fils!.. certainement, j'en ai... il me quitte il n'y a qu'un instant...

RIFOLET.

Ah! bon! C'est qu'une dame le cherche... j'étais chargé de m'informer...

LECOQ.

Ah! une dame! voyez-vous le gaillard! absolument comme moi dans mon jeunetemps... il est couru de toutes les femmes!

RIFOLET.

Celle-là est furieuse, il lui a signé une promesse de mariage...

LECOQ.

Une promesse!... qu'est-ce que j'apprends là... Cette personne est donc dans une position sociale?

RIFOLET.

Oh! pour cela... avant son veuvage elle était mercière... et depuis elle a établi une table d'hôte très achalandée à trente-six sous par tête.

LECOQ, *riant.*

Ah! ah! ah! j'y suis... une folie, une aimable plaisanterie, pour se moquer de quelque intrigante!..

RIFOLET.

Une intrigante! ma cousine! Félicité Guibert!

LECOQ.

Votre... (*Avec ironie.*) Ah! du moment que c'est votre parente, Rifolet, je me rétracte, j'estime infiniment Mademoiselle Félicité Guibert, je la respecte, je su.... à faire tout ce qui pourra lui être agréable!..

RIFOLET.

Alors ..

LECOQ.

Alors... elle n'aura pas mon fils. (*Fausse sortie.*)

RIFOLET.

M. Lecoq!

MADEMOISELLE SANNOIS [*], *entrant par la gauche, à part, d'un air contrarié.*

Impossible de parvenir jusqu'à lui... (*Voyant Rifolet*). N'est-ce pas là le prétendu de Fanny.

LECOQ, *à Rifolet qui la retient.*

Laissez-moi donc tranquille, j'ai bien autre chose à penser... d'ailleurs, tenez... voici quelqu'un qui semble avoir à vous parler... (*Il sort par la droite*).

RIFOLET, *se retournant, à mademoiselle Sannois [**].*

Quoi, Madame, vous me cherchiez?

MADEMOISELLE SANNOIS.

Non, Rifolet!... mais puisque vous voilà... peut-

[*] Mlle Sannois, Lecoq, Rifolard.
[**] Mlle Sannois, Rifolard.

être pourrez-vous me dire?... La séance du Directoire sera-t-elle bientôt terminée?...

RIFOLET.

Elle l'est, Madame, mais ces messieurs sont encore enfermés en comité secret.

MADEMOISELLE SANNOIS, *à part.*

Quel ennui!... (*Haut.*) Eh bien! j'ai laissé Fanny chez le concierge du palais, en lui recommandant bien de ne pas quitter... Veuillez donc lui dire que j'attends ici, sous ces arbres, les renseignements qu'elle doit me faire parvenir.

RIFOLET.

Oui, Madame... j'y vais... (*A part.*) Ma pauvre cousine, j'ai bien peur qu'elle n'en soit pour ses frais de voyage... et autres... (*Il sort par la gauche*).

SCÈNE VII.

MADEMOISELLE SANNOIS, *puis* ARISTIDE, *et successivement deux huissiers.*

MADEMOISELLE SANNOIS, *marchant avec agitation.*

Me faire répondre qu'il ne peut me recevoir... quand, jusqu'à ce jour... il s'empressait d'accourir... la témérité de ce M. Danvin m'aurait-elle fait perdre pour toujours le cœur d'Hippolyte.. et ce mariage si prochain, sur lequel je fondais toutes mes espérances... sans doute... il n'a pu reconnaître celui qui a eu l'audace de s'introduire chez moi. (*Allant s'asseoir sur un banc à droite*). Mais quand bien même je pourrais lui nommer un parent, je le connais soupçonneux,... violent, opiniâtre... aussi prompt à croire le mal que le bien... oh! non! à moins de preuves très évidentes... (*Elle réfléchit, toujours très agitée*).

ARISTIDE, *au fond, à gauche, en dehors.*

Spa-tacüs! conduisez mon boghey à la grille de la rue d'Enfer... (*Il paraît en grande tenue d'incroyable, perruque à oreilles de chien, double chaîne de montre, chaîne de cou, lorgnon, bagues à tous les doigts et une badine à la main*). A la bonne heure! voilà une tenue d'un genre un peu mousseux... j'y ait joint le phaëton à la journée, sans l'autorisation du père Lecoq, mais il fallait ça pour compléter le suprême bon ton! quel effet je vais produire! justement j'aperçois...

MADEMOISELLE SANNOIS, *se levant sans voir Aristide.*

Je ne puis vraiment rester en place...

ARISTIDE, *marchant et faisant jouer sa badine.*

Enfant ché-i des dames,
Je suis en tous pays,
Fort bien avec les femmes
Mal avec les ma-is!...

MADEMOISELLE SANNOIS, *regardant.*

Eh! mais, je ne me trompe pas... quel chan-

[*] Aristide, Mlle Sannois.

gement... (*souriant de mauvaise humeur*). Il est encore plus ridicule ainsi...

MADEMOISELLE SANNOIS, *vivement*.

Eh bien !

ARISTIDE, *la lorgnant*.

Ah ! grand Dieu ! si ce lo-gnon n'abuse pas mes yeux éblouis... mais non, ma pa-ole pa-fumée... c'est vous, me-veilleuse beauté, que déjà ce matin...

ARISTIDE, *à part, le regardant*.

Quel est donc ce particulier ?

L'HUISSIER, *à mademoiselle Sannois*.

Mademoiselle Fanny m'envoie vous dire d'attendre encore quelques instants... La séance du comité secret va finir... (*Il salue, et sort par la gauche.*)

MADEMOISELLE SANNOIS, *avec dignité*.

Monsieur !

ARISTIDE, *à part*.

Ce costume sombre, cet air mystérieux...

ARISTIDE.

Allons ! le hasard est une bonne paye !... je lui ferai crédit.

MADEMOISELLE SANNOIS, *à part*.

Allons ! puisqu'il le faut... (*Elle se dirige vers la droite, Aristide l'arrête.*)

MADEMOISELLE SANNOIS, *de même*.

Je ne comprends pas !...

ARISTIDE.

Pardonnez-moi, belle dame, d'oser vous aborder de nouveau ; mais vous paraissez contrariée... inquiète...

ARISTIDE.

Vous avez daigné remarquer tantôt que mon dialogue n'était pas dépourvu d'ag-ément, et puisque le hasard me favorise d'une nouvelle rencontre.

MADEMOISELLE SANNOIS,

Monsieur...

MADEMOISELLE SANNOIS.

Pardon, Monsieur, je serais au désespoir de vous faire perdre un temps précieux.

ARISTIDE.

Ah ! que je serais heureux, si, par un service quelconque, je pouvais effacer l'impression défavorable que semble avoir produite sur vous une galanterie un peu trop risquée peut-être !...

ARISTIDE.

Perdre mon temps près d'une jolie femme ! ce serait contraire à mes habitudes ! ah ! que ne puis-je sans cesse demeu-er auprès de vous !... que ne puis-je à chaque instant du jour, et quand je dis du jour, j'entends du jour complet, du jour de vingt-quatre heures !... Que ne puis-je !

MADEMOISELLE SANNOIS, *avec impatience*.

En vérité, Monsieur !...

ARISTIDE.

Mais, Madame, la vertu la plus pure, la beauté la plus farouche peut se trouver parfois dans une position chatouilleuse !... alors un galant homme, un chevalier discret peut être utile... et dans ce cas où trouver mieux que moi, que moi arrivé à Paris ce matin, et sur le point d'en repartir.

MADEMOISELLE SANNOIS, *sevèrement*.

Monsieur, un pareil langage !...

ARISTIDE.

Ce trouble !... divine créature, aurais-je le bonheur de me faire craindre.

MADEMOISELLE SANNOIS, *à part*.

Eh mais ! ce qu'il dit là ! Oh ! à quoi vais-je penser ?...

MADEMOISELLE SANNOIS.

Eh ! Monsieur, sans craindre les gens, on peut parfois les trouver importuns !

ARISTIDE, *à part*.

On dirait qu'elle se consulte...

ARISTIDE.

Importun !

MADEMOISELLE SANNOIS, *réfléchissant*.

Et cependant... pourquoi pas... il n'a pas l'air dangereux !... (*Elle rit à la dérobée*). Et s'il doit en effet quitter Paris, dès demain...

MADEMOISELLE SANNOIS, *à part, voyant entrer un huissier*.

Ah ! quelqu'un du palais !...

ARISTIDE.

Vous souriez !... le firmament m'exaucerait-il !.. se pourrait-il que mes faibles services... Ah ! parlez !...

ARISTIDE.

O ciel ! j'ai pu vous paraître importun... Ah ! c'est à vos pieds que je demande... (*Il se met à genoux*).

MADEMOISELLE SANNOIS.

C'est que vraiment, Monsieur, on ne peut s'expliquer !...

MADEMOISELLE SANNOIS, *vivement*.

Relevez-vous... relevez-vous, Monsieur, ce lieu n'est pas propre... (*Elle va au-devant d'un huissier complètement vêtu de noir, qui vient de paraître à gauche, et qui a l'air de chercher*).

ARISTIDE.

Ici... non... c'est vrai !

ARISTIDE, *se levant et essuyant ses genoux*.

C'est juste ! il n'est pas très propre !...

MADEMOISELLE SANNOIS.

Ce n'est pas cela que je veux dire.

L'HUISSIER, *à mi-voix, à mademoiselle Sannois*.

Madame !...

ARISTIDE.

C'est égal !... si nous nous expliquions ailleurs.

MADEMOISELLE SANNOIS.

Ailleurs !

ARISTIDE.

S'il m'était permis d'écouter vos lois, prosterné, à genoux... dans un endroit plus... plus propre, comme vous disiez fort élégamment... si j'étais admis dans le boudoir des grâces !

MADEMOISELLE SANNOIS, *vivement*.

Chez moi !..

ARISTIDE, *à part*.

Ma parole d'honneur, mon audace m'épouvante !.. (*Haut*) Eh bien ! oui, oui... chez vous, à Paphos même, que je puisse entendre et adorer Venus dans son propre temple !...

MADEMOISELLE SANNOIS.

Quoi ! Monsieur !..

ARISTIDE, *à part, se détournant*.

Elle est furieuse !.. Elle va me chasser honteusement...

MADEMOISELLE SANNOIS, *souriant avec coquetterie*.

Vous consentiriez à me faire l'honneur...

ARISTIDE, *à part, stupéfait*.

Bah ! quel sourire enchanteur...

MADEMOISELLE SANNOIS, *minaudant*.

Mais s'il y avait pour vous quelques dangers...

ARISTIDE.

Du danger... ça ne pourrait être que celui de m'enflammer pour vous au point d'en perdre l'esprit, et ce danger-là ne m'effraie pas... au contraire... je l'affronte avec joie... je le b-ave avec volupté...

MADEMOISELLE SANNOIS, *apercevant un nouvel huissier qui entre à droite*.

Pardon, Monsieur !

ARISTIDE, *à part*.

Je serais un mortel assez favorisé !.. (*Etonné.*) Hein ? encore une figure sinistre !

L'HUISSIER, *à mademoiselle Sannois*.

Madame !

MADEMOISELLE SANNOIS, *à demi-voix*.

Plus bas !

ARISTIDE.

Et toujours du mystère... est-ce qu'il y aurait quelque anguille sous roche !

L'HUISSIER, *à demi-voix*.

Le comité secret vient de finir... mademoiselle Fanny vous attend sans retard...

(*Il salue et sort par la droite.*)

MADEMOISELLE SANNOIS, *avec joie* ".

Enfin !

ARISTIDE, *à part*.

Ah ! grand Dieu ! il me surgit un horrible soupçon ?..

MADEMOISELLE SANNOIS, *se rapprochant de lui*.

Excusez-moi, Monsieur, forcée de m'éloigner...

* Aristide, Mlle Sannois, Incon.

** Aristide, Mlle Sannois.

ARISTIDE.

Eh ! quoi !... sans m'indiquer l'heureux domicile et le moment enchanteur où il me sera permis...

SCÈNE VIII.

LES MÊMES, FELICITÉ *.

FELICITÉ, *qui vient d'entrer par la gauche, à part*.

C'est lui... avec une femme... comme il est beau le monstre... (*Elle se cache derrière la statue.*)

MADEMOISELLE SANNOIS, *à Aristide*.

Du courage... de la discrétion... dans un instant, ici même... on viendra vous dire de ma part...

ARISTIDE.

Oh ! bel ange ! Vous me -avissez... vous me -avissez au septième ciel !

MADEMOISELLE SANNOIS.

De grâce, moderez-vous... si l'on vous entendait... qui sait ? peut-être quelque rivale... jalouse... m'accuserait de vous avoir enlevé... à son amour...

ARISTIDE.

Enlevé !.. (*A part, sérieux.*) Ah ! mon Dieu ! enlevé !.. il y a de l'anguille !..

MADEMOISELLE SANNOIS.

Adieu, dans un instant... (*A part.*) C'est bien hardi peut-être... mais je ne sais pourquoi... j'augure bien de cette rencontre... (*Elle sort par le premier plan à droite.*)

ARISTIDE, *la regardant s'éloigner*.

Il y a de l'anguille... c'est la Sirène !... oh ! oui... c'est la Sirène !... courons prévenir mon père !.. (*Il fait quelques pas.*)

SCENE IX.

ARISTIDE, FELICITÉ **.

FELICITÉ, *lui barrant le passage*.

Où vas-tu ?...

ARISTIDE, *stupéfait*.

Felicité ! (*A part.*) à Paris ! c'est la tête de Méduse !..

FELICITÉ.

Ah ! je te retrouve enfin !

ARISTIDE, *à part*.

Et ne pouvoir m'échapper... atroce complication !

FELICITÉ.

Quelle est cette femme ?

ARISTIDE.

Felicité !... (*A part.*) Tâchons de l'amadouer...

* Félicité, Aristide, Mlle Sannois.

** Félicité, Aristide.

je frémis quand je me rapelle ses menaces; j'aurais dû m'habituer à porter des besicles...

FÉLICITÉ.

Quelle est cette femme?..

ARISTIDE.

Par quel bonheur inespéré, tendre amie?..

FÉLICITÉ, *imperieusement.*

Quelle est cette femme? Que lui disais-tu?..

ARISTIDE, *embarrassé.*

Félicité, ceci est un secret... qui ne m'appartient pas. . qu'il vous suffise de savoir que notre conversation n'avait qu'un but...

FÉLICITÉ.

Que je devine... parjure!

ARISTIDE.

Non... un but... politique!..

FÉLICITÉ.

Politique!.. c'est toi qui en es un! (*Pleurant.*) Prends-y garde... Aristide... tu m'as délaissée sans le moindre billet de faire part... sans le plus petit mot de tendresse.

ARISTIDE.

Il le fallait! belle veuve... il le fallait... une haute mission m'est confiée... elle exige impérieusement le plus profond mystère... ainsi donc, qu'une aveugle jalousie cesse de vous poignarder, Félicité... s'il est vrai que vous m'aimiez... s'il est vrai que tu m'adores... laisse-moi un peu tranquille.

FÉLICITÉ.

Hein?

ARISTIDE.

Retournez à Caen comme une bonne bourgeoise! allez m'y attendre... à la tête de votre table d'hôte, qui doit gémir de votre absence... ne restez pas ici, enfin, à me gêner dans mes opérations... et quand je roule sur le char de la fortune, ne venez pas y mettre vos bâtons...

FÉLICITÉ, *hors d'elle.*

Il lève le masque! Ah! monstre, je te gêne!.. ah! tu m'envoies revoir ma Normandie... oh! tu n'y es pas...

ARISTIDE, *à part.*

Je voudrais bien n'y être jamais allé...

FÉLICITÉ.

Non! à présent que je t'ai retrouvé, je ne te quitterai non plus que ton ombre, jusqu'à ce que les nœuds de l'hymen nous aient attachés l'un à l'autre...

ARISTIDE, *vivement.*

Félicité, je demande un sursis...

FÉLICITÉ.

Comment! réfractaire? (*Elle s'élance sur lui.*)

ARISTIDE, *à part, se détournant avec frayeur.*

Je serai bien heureux, si j'en suis quitte pour un œil!

FÉLICITÉ.

Air : *de madame Favart.*

A tes regards, n'ai-je plus, malhonnête,
Tous les attraits dont le ciel me fit don?...
Nieras-tu ma taille bien faite,
Nieras-tu mon pied si mignon?
Nieras-tu ce front pur et lisse...
Nieras-tu ces mains?
   (*Elle les élève vers ses yeux.*)

ARISTIDE, *les retenant.*
   Non, grand Dieu!
Vous avez, je leur rends justice,
Des appas qui sautent aux yeux[*]!

FÉLICITÉ.

Viens, suis-moi...

ARISTIDE, *à part, regardant vers la droite.*

Ah! Dieu merci! le père Lecoq!.. (*Haut.*) Félicité... un moment... un seul... voici quelqu'un à qui j'ai à parler pour la mission politique...

FÉLICITÉ.

Quelqu'un! une femme?..

ARISTIDE.

Non, un homme, regardez... un vieil homme!..

FÉLICITÉ.

Ne crois pas m'échapper...

ARISTIDE.

Tenez-vous un peu à l'écart[**]... c'est un secret d'État...

SCÈNE X.

LES MÊMES, LECOQ [***].

LECOQ, *à Aristide qui est allé au-devant de lui.*
Ah! c'est toi!

ARISTIDE.

Pas si haut!.. eh! bien! me voilà gentil...

LECOQ, *le regardant.*

Mais oui, très gentil, très bien, admirable même...

ARISTIDE.

Tra la la! il s'agit bien... (*Il lui fait signe d'aller dans le coin opposé à Félicité.*)

LECOQ, *regardant sans bouger, le coin qu'il lui montre.*

Je ne vois rien.

ARISTIDE, *bas.*
Il y a de l'anguille!

LECOQ.

Par là? (*Il y va.*)

ARISTIDE, *le suivant, et toujours à voix basse.*
Je crois que je tiens la Sirène!

LECOQ.

Bah!..

[*] Aristide, Félicité.

[**] Félicité, Aristide.

[***] Félicité, Aristide, Lecoq.

ARISTIDE.

Nous nous sommes fascinés mutuellement...
elle va me faire donner un rendez-vous... ça doit
être elle...

LECOQ.

Bravo !

ARISTIDE.

Bravo, sans doute, mais...

FÉLICITÉ, *à part, assise sur le banc à gauche.*

Que peuvent-ils se dire ? je suis sur des char-
bons !..

LECOQ.

Mais quoi ?

ARISTIDE, *à son père, montrant Félicité.*

Vous voyez cette femme ?..

LECOQ.

Sans doute ! eh bien ?

ARISTIDE.

Eh bien, j'ai eu la faiblesse de m'engager à
l'épouser à vue.

LECOQ.

Quoi, cette promesse de mariage, dont on m'a
parlé...

ARISTIDE.

Voilà ! elle veut que je retourne à l'instant avec
elle en Normandie...

LECOQ.

C'est impossible... au moment de nous lancer
dans une affaire d'une si grande importance... le
bien public avant tout !

ARISTIDE.

C'est que vous ne connaissez pas Félicité ? la
violence de sa passion... plutôt que de me laisser,
elle est capable de se porter aux extrêmités les
plus... et à des fureurs encore plus.... non-seule-
ment contre moi... même contre vous...

LECOQ.

Par exemple !

ARISTIDE.

Tenez, regardez un peu sans avoir l'air...
voyez-vous comme ses doigts se crispent... je ne
serais pas surpris qu'elle eût un poignard... c'est
une Normande qui tient de l'Italienne... elle peut
avoir un poignard...

LECOQ.

Ah mais !... heureusement... nous avons des
moyens coërcitifs... le Directoire m'a investi de
pouvoirs illimités... (*Regardant à gauche.*) Justement, j'aperçois Rifolet... reste-là. . dans un moment nous n'aurons plus rien à craindre de cette
créature pernicieuse !..

(*Lecoq se dirige vers le fond, à gauche, et dis-
paraît en chantonnant. Félicité le suit d'un air
inquiet.*)

ARISTIDE, *à part regardant vers la droite.*

Qu'est-ce qu'il va donc faire ? Ah ! Grand
Dieu ! la camériste de la Sirène qui vient là
bas...

FÉLICITÉ, *redescendant*.

Enfin te voilà seul... As-tu fini ?

ARISTIDE.

Pas tout-à-fait... voici encore une personne à
qui j'ai deux mots à dire.., rien que deux
mots...

FÉLICITÉ.

Une personne !.. (*Regardant.*) mais celle-là...
c'est une femme !

ARISTIDE, *vivement.*

De chambre... Félicité... pas davantage... et
vous devez savoir que je ne donne pas dans ce
genre de femmes... de chambre... vous pouvez
me rendre un service...

FÉLICITÉ.

Un service...

ARISTIDE.

Oui.

FÉLICITÉ.

Quel service ?

ARISTIDE, *indiquant le côté opposé à celui par où
arrive Fanny.*

Tournez-vous un peu par là...

FÉLICITÉ.

Encore ?

ARISTIDE.

Pour voir si personne ne viendra nous surprendre...

FÉLICITÉ.

Quoi ! tu veux ?..

ARISTIDE.

C'est un secret d'état...

FÉLICITÉ.

Oh ! tu abuses de ma patience.

ARISTIDE, *la faisant tourner vers la droite.*

Par là, s'il vous plaît...

SCÈNE IX.

LES MÊMES, FANNY[**].

FANNY, *à part en entrant par le fond à droite.*

Madame a raison... il est encore plus drôle
comme ça !..

ARISTIDE, *s'approchant de Fanny, bas.*

Eh bien ! cha-mante l-is ?..

FANNY, *de même.*

Ce soir, à huit heures... à la grille de l'Obser-
vatoire...

ARISTIDE.

C'est un côté un peu désert... n'importe ! j'y
serai !

FANNY.

Vous suivrez la personne qui vous dira : courage et discrétion...

* Aristide, Félicité.
** Fanny, Aristide, Félicité.

ARISTIDE.

Courage et discrétion... c'est convenu... divine messagère !.. (*Il lui baise la main à la dérobée.*)

FÉLICITÉ, *se retournant, et jetant un cri.*

Ah ! (*Fanny se sauve par la gauche*.*) Devant moi, l'infâme !..

ARISTIDE.

Félicité, pourquoi vous êtes-vous retournée ?

FÉLICITÉ.

Oh ! mais... (*Elle veut courir après Fanny.*)

ARISTIDE, *remontant.*

Calmez-vous...

FÉLICITÉ, *exaspérée, redescendant.*

Que je me calme... quand à mes propres yeux...
(*Elle le saisit par le bras.*)

ARISTIDE, *criant.*

Veuve Guibert ! Lâchez-moi, ou je crie à la garde !

FÉLICITÉ, *l'entraînant.*

Ça m'est égal ! tu me suivras, sinon, je te dévisage !..

ARISTIDE**.

Et je ne porte pas de besicle ! (*Criant.*) Au secours ! au secours...
(*Félicité le tient au collet. Lecoq accourt avec tout le monde, et dégage Aristide.*)

~~~~~~

SCÈNE XII.

LES MÊMES, LECOQ, RIFOLET, UN CAPORAL,
QUATRE SOLDATS, PEUPLE ***.

Final. Musique nouvelle de M. Nargeot.

ENSEMBLE.

FÉLICITÉ.

Perfide, volage,
Je te dévisage (*bis.*)
Ou viens avec moi !
Il faut que ça finisse !
Devant la justice (*bis.*)
J'ai des droits sur toi !

ARISTIDE.

Calmez cette rage !
Tout le voisinage (*bis.*)
Est mis en émoi.
Pour que ça finisse,
Voilà la police ! (*bis.*)
Fuyez, croyez-moi !

LECOQ ET CHŒUR.

Par un tel tapage,
Tout le voisinage (*bis.*)
Est mis en émoi.
Pour que ça finisse
Il faut qu'on sévisse (*bis.*)
Au nom de la loi.

* Aristide, Félicité.
** Félicité, Aristide.
*** Félicité, caporal, deuxième plan, Lecoq, Aristide.

LECOQ.

La tranquillité le réclame ,
Soldats, conduisez en prison,
Au nom de la loi... cette femme...

FÉLICITÉ.

Moi, quelle horreur !

RIFOLET, *qui vient d'arriver *.*

Quoi, ma cousine !

ARISTIDE, *à part.*

Ah ! bon !

RIFOLARD.

Et c'est pour ça que moi même
J'allais chercher la garde...

LE CAPORAL.

Allons (*bis.*) vous nous suivrez...

FÉLICITÉ.

Non, vous me violenterez...
Vous me traînerez,
M'assassinerez ;
Me massacrerez !
Jamais d'un monstre que j'aime
Non... vous ne me séparerez...

(*Elle veut courir vers Aristide, le caporal la retient.*)

LECOQ, *à Aristide, bas.*

C'est maintenant une autre proie
Qu'il faut saisir...

ARISTIDE.

O Cupidon !
Pardonne, aujourd'hui si j'envoie
Mes conquêtes au violon !
(*Parlé.*) Au violon !

FÉLICITÉ.

(*Parlé.*) Ah! scélérat !

REPRISE DU CŒUR.

LECOQ ET CHŒUR.

Par un tel tapage, etc., etc.

RIFOLET.

Elle n'est pas sage,
Mais j' conçois sa rage
Lorsqu'elle se voit
Prise par la police !
C'est une injustice
On n'en a pas le droit.

FÉLICITÉ.

O fureur ! ô rage !
Qu'au moins ce volage,
Soit pris avec moi.
Traître, la police,
Se fait ta complice,
Et m' sépar' de toi !

(*Les soldats emportent Félicité par la gauche. Elle se débat , Rifolet les suit. Aristide et Lecoq se dirigent vers la droite, premier plan.*)

* Rifolet, Félicité, Caporal, Lecoq, Aristide.

FIN DU PREMIER ACTE.
~~~~~~

ACTE DEUXIÈME.

Un salon élégant, porte d'entrée au fond. — Deux portes latérales au premier plan, à gauche, une fenêtre,
à droite, un canapé, fauteuils, etc.

SCÈNE PREMIÈRE.

MADEMOISELLE SANNOIS, HIPPOLYTE*.

(Au lever du rideau, mademoiselle Sannois est assise à gauche, occupée de broderie, Hippolyte marche d'un air contrarié.)

MADEMOISELLE SANNOIS, *feignant d'être piquée.*

Vous devez bien le penser, Monsieur, j'étais loin de compter ce soir sur l'honneur de vous recevoir dans mon humble demeure... quand ce matin vous avez si obstinément refusé de m'ouvrir votre palais du Luxembourg!..

HIPPOLYTE, *s'arrêtant et un peu brusquement.*

Il est des moments, Clarence, où la gravité des affaires ne permet pas...

MADEMOISELLE SANNOIS.

Les affaires... oh oui!.. je sais que vous en êtes accablé... car, de nos cinq Rois de France, c'est vous dont on vante surtout le zèle et l'infatigable activité... je dois vous savoir d'autant plus gré de dérober, à vos importantes fonctions, quelques instants pour venir les passer dans ma solitude...

HIPPOLYTE, *avec ironie.*

Oh! votre solitude!..

MADEMOISELLE SANNOIS.

Encore!.. (*Se levant et venant à lui en souriant.*) Allons, je ne veux point conserver de rancune en ce moment... vous n'avez pas le temps, sans doute, d'entendre mes reproches!..

HIPPOLYTE.

Vos reproches!

MADEMOISELLE SANNOIS, *souriant.*

Mais ce soir... à souper...

HIPPOLYTE, *à part.*

Voudrait-elle m'éloigner?.. (*Haut.*) Et pourquoi ne pas vous expliquer dès à présent!..

MADEMOISELLE SANNOIS.

Oh! non! vos graves occupations vous réclament... et puis,... je ne sais... il me semble... je craindrais de ne pas être pour vous une société fort agréable...

HIPPOLYTE, *à part.*

Je comprends?.. elle l'attend encore...

MADEMOISELLE SANNOIS.

Ainsi, vous me promettez... ce soir, à souper...

HIPPOLYTE.

Mais...

MADEMOISELLE SANNOIS, *câline.*

A dix heures, n'est-ce pas?..

* Mlle Sannois, Hippolyte.

HIPPOLYTE, *à part.*

A dix heures!.. c'est cela!.. et si je promettais... je la retrouverais seule en effet... non... j'aime mieux surprendre...

MADEMOISELLE SANNOIS.

Eh bien?

HIPPOLYTE.

Au désespoir... je réfléchis qu'il me sera impossible!.. (*A part.*) Oh! nous verrons, morbleu!

MADEMOISELLE SANNOIS, *à part.*

Il viendra!

HIPPOLYTE.

Il faut que ce soir... je m'informe... que j'active les recherches ordonnées...

MADEMOISELLE SANNOIS.

Des recherches?

HIPPOLYTE.

Pour se saisir des auteurs de ces coupables enlèvements!..

MADEMOISELLE SANNOIS.

Vous espérez donc enfin?

SCÈNE II.

LES MÊMES, FANNY*.

FANNY, *entrant par le fond.*

Ah! pardon... je croyais que madame était seule!

MADEMOISELLE SANNOIS.

Que veux-tu, Fanny?

FANNY.

Quelqu'un qui désirerait parler à Madame...

MADEMOISELLE SANNOIS, *à part, inquiète.*

Serait-ce déjà?.. oh! non!..

HIPPOLYTE, *vivement.*

Quelqu'un!

FANNY.

C'est... Rifolet!.. mon prétendu...

HIPPOLYTE**, *se calmant.*

Ah! (*A mademoiselle Sannois.*) Je vous quitte!..

MADEMOISELLE SANNOIS.

Alors, à demain, du moins, n'est-ce pas?

HIPPOLYTE.

Oui... oui... à demain... (*A part.*) Malheur à ceux qui se seront joués de moi!.. (*Haut, avant de sortir.*) A demain! (*Il sort par le fond.*)

FANNY, *étonnée***.*

Quoi, Madame?

* Mlle Sannois, Fanny, Hippolyte.
** Mlle Sannoy, Hippolyte, Fanny.
*** Mlle Sannoy, Fanny.

MADEMOISELLE SANNOIS, *riant.*

Ah! ah! ah! il sort furieux!

FANNY.

Demain! mais je croyais pourtant que Madame comptait ce soir sur M. Hippolyte?..

MADEMOISELLE SANNOIS.

Sans doute... et j'y compte plus que jamais... en n'insistant pas, j'ai doublé ses soupçons... maintenant, je te le répète, il viendra, j'en suis sûre...

FANNY, *riant.*

Ah! je comprends.

MADEMOISELLE SANNOIS, *gaîment.*

Mais tu fais attendre ton prétendu... ce n'est pas bien... appelle donc? (*Elle va s'asseoir sur le canapé.*)

FANNY.

Oui, Madame. (*A la porte du fond*.) Venez, Monsieur Rifolet.

SCENE III.

LES MÊMES, RIFOLET**.

RIFOLET, *entrant et saluant.*

Salut, Madame, la compagnie... Pardon, excuse si je vous dérange...

MADEMOISELLE SANNOIS.

Du tout, Rifolet... Fanny vient de me dire...

RIFOLET.

Je remercie beaucoup ma future.,. c'est pour un grand service que je viens demander à Madame... si, toutefois, comme je le pense, il est dans les possibles!...

MADEMOISELLE SANNOIS.

Un service?..

FANNY.

Est-ce qu'il vous arriverait un malheur!..

RIFOLET.

Pas à moi, personnellement... mais à une cousine, du côté de feu mon oncle Patoulet... débarquée hier au soir de Caen en Normandie, elle se trouve pour le quart-d'heure dans un violon...

FANNY, *riant.*

Dans un violon.

MADEMOISELLE SANNOIS.

Elle est arrêtée?..

RIFOLET.

Sans savoir ni pourquoi, ni pour qu'est-ce?.. la tête un peu vive. C'est vrai! mais un cœur... c'est une injustice de M. Lecoq... mais si madame, par son crédit...

MADEMOISELLE SANNOIS.

Ah! mon crédit!.. aujourd'hui il n'est pas si grand!..

* Fanny, Mlle Sannois.
** Fanny, Rifolet, Mlle Sannois.

RIFOLET.

Pourtant je viens encore de voir sortir d'ici... M. Hippolyte!..

MADEMOISELLE SANNOIS.

Sans doute!... et si vous étiez arrivé un instant plus tôt...

FANNY.

Eh bien! Madame, puisqu'il doit revenir!..

MADEMOISELLE SANNOIS.

Mais, Rifolet, est-il bien sûr...

RIFOLET.

Que la détenue n'est criminelle de rien du tout...j'en mettrais toutes mes mains au feu... innocente comme l'agneau qui vient de paître...

FANNY, *bas.*

De naître...

RIFOLET.

De naître!

MADEMOISELLE SANNOIS.

Et puis, peut-être est-il un peu tard pour que ma protection puisse être utile ce soir... cette pauvre femme ne pourra toujours être libre que demain...

RIFOLET.

Elle serait obligée de passer la nuit dans... ah! dieu du Ciel!... je frémis de ce qui peut arriver...

FANNY.

Quoi donc?

RIFOLET.

Vous ne connaissez pas ma cousine Guibert... Lorsqu'elle verra la différence entre le lit du corps-de-garde et son lit de Caen... en Normandie... elle sera dans le cas de tout révolutionner, de tout casser...

FANNY, *riant.*

Elle briserait le violon!

RIFOLET.

Pour l'emmener, il n'a pas fallu moins de quatre hommes et un caporal.

MADEMOISELLE SANNOIS.

Je ne vois pourtant pas moyen... à moins que ce soir, peut-être même... sur un ordre écrit...

RIFOLET.

Air : *un homme pour faire, etc.*

Oh! oui, Madame, c'est bien urgent!
Que ma cousin' soit libérée...
Sa détention me fait vraiment
Pour elle un' peur immodérée...
Car, hélas! si, comm' je vous l'dis,
Elle possèd' dans la circonstance,
L'innocence de la brebis...
Ell' n'en a pas la patience!... (*bis.*)

FÉLICITÉ, *en dehors.*

Je vous dis qu'il est ici... je l'ai vu entrer...

RIFOLET.

Ah! mon Dieu! qu'est-ce que j'entends donc là... il me semble que c'est sa voix!

FANNY.

De votre cousine!

FÉLICITÉ, *en dehors.*

Rifolet! n'est-ce pas que vous êtes là, cousin Rifolet?

RIFOLET.

Eh! oui! c'est elle-même! si madame veut permettre...

MADEMOISELLE SANNOIS.

Sans doute!

RIFOLET.

Entrez, cousine, entrez!

(*Après l'entrée de Félicité, mademoiselle Sannois se lève et va au fond retrouver Fanny, à qui elle parle bas.*)

SCÈNE IV.

LES MÊMES, FÉLICITÉ*.

FÉLICITÉ, *entrant brusquement à la cantonnade.*

Je vous disais bien qu'il y était, malhonnêtes. (*Descendant avec Rifolet.*) Ah! cousin! c'est moi!.. ouf...! je n'en puis plus.

RIFOLET, *lui montrant une chaise que Fanny a avancée.*

Asseyez-vous, cousine.

FÉLICITÉ, *s'asseyant.*

Je leur ai glissé dans les mains, les scélérats, ah! mais je me suis révoltée, je les ai traités... fallait voir! au point qu'ils allaient me mettre au cachot, les tigres!.. quand l'un des leurs, un grand bel homme a embrassé ma défense... et pendant qu'ils se disputaient... j'ai pris ma course...

RIFOLET.

C'est encore heureux!

FÉLICITÉ.

Et par bonheur! je vous ai aperçu comme vous alliez pénétrer dans cette maison .. (*Se levant.*) sauvez-moi, cousin... Cachez-moi n'importe où... car je suis dans les suspectes... c'est clair!... on veut ma tête..,

MADEMOISELLE SANNOIS, *descendant**.*

Rassurez-vous, Madame!

FÉLICITÉ, *regardant mademoiselle Sannois qu'elle n'avait pas remarquée.*

Ah! grand Dieu! Qu'est-ce que je vois?

FANNY, *descendant aussi.*

Qu'avez-vous donc?

FÉLICITÉ, *se retournant.*

Ah!... et celle-ci?

* Rifolet, Félicité, Fanny et Mlle Sannois.
** Rifolet, Fanny, Félicité, Mlle Sannois.

RIFOLET.

Ma prétendue... que j'ai l'honneur de vous présenter, cousine....

FÉLICITÉ.

Votre?.. ah! quelle horreur!

TOUS.

Comment!

FANNY.

Malhonnête.

FÉLICITÉ*.

Oui, cousin, oui... je la reconnais; c'est elle à qui, tantôt, dans le Luxembourg... Aristide a baisé la main...

RIFOLET.

Hein!.. Quoi, Mademoiselle?

FÉLICITÉ, *désignant mademoiselle Sannois.*

Et voici l'autre... Cette belle merveilleuse avec qui j'avais d'abord surpris mon perfide...

MADEMOISELLE SANNOIS, *riant.*

Ah! ah! ah!

FÉLICITÉ.

Vous riez?..

FANNY, *riant.*

Ah! ah! ah!

FÉLICITÉ.

Elles rient... Mais, femmes perverses!

FANNY, *se fâchant.*

Ah! mais, la Cauchoise**! (*Elle remonte.*)

RIFOLET.

Qu'est-ce que ça signifie?

FÉLICITÉ, *à Mademoiselle Sannois.*

Air : *Ah! qu'il est flatteur.*

Du perfid' vous êtes complice,
Mais j'vas vous faire un bon procès!...
J'ai confiance dans la justice,
Et vous en serez pour vos frais...
Car si vous aviez l'avantage...
Quand j' devrais y perdre mon nom,
Le monstre! je veux qu'on partage...
Je d'mand' le jugement d' Salomon!...
Je veux, etc.

FANNY, *riant, à part.*

Ah! ah! la Normande est bien de son pays!..

MADEMOISELLE SANNOIS.

Vous vous inquiétez à tort, Madame, et vos injustes suppositions ont, je le vois, alarmé ce pauvre Rifolet, que je puis rassurer facilement... C'est de ma part que Fanny a été trouver la personne qui vous intéresse si vivement.... (*Rifolet remonte auprès de Fanny.*) et quant à moi... l'entretien que j'ai eu avec M. Aristide... dont j'ignorais même le nom... ne doit point tourmenter un cœur aussi sensible que le vôtre... car il avait un tout autre but que celui que vous pouvez croire...

* Rifolet, Félicité, Fanny, Mlle Sannois.
** Rifolet, Fanny, au deuxième plan, Félicité Mlle Sannois.

FÉLICITÉ

Oui, comme il a eu le front de me le dire... un but politique.

MADEMOISELLE SANNOIS, *riant.*

Politique! peut-être...

FANNY, *à Rifolet.*

Ah! C'est vrai! politique!

MADEMOISELLE SANNOIS*.

Je suis désolée, du reste, d'avoir involontairement excité la jalousie (*Souriant.*) qui vous a emportée un peu trop loin, peut-être... mais la passion fait tout excuser... je tiendrai la promesse que je viens de faire à Rifolet... j'espère obtenir que votre liberté ne soit plus inquiétée; jusque-là pour plus de sûreté, je vous offre ici un asile....

FÉLICITÉ, *confuse.*

Certainement... c'est bien de l'obligeance... et je ne sais comment m'excuser...

MADEMOISELLE SANNOIS **.

Fanny! (*Elle passe auprès d'elle.*)

FANNY.

Madame.

MADEMOISELLE SANNOIS.

Tu vas conduire Madame chez toi... et ensuite... tu viendras m'avertir. (*Elle lui parle bas.*)

FÉLICITÉ, *à Rifolet.*

Ainsi, cousin, vous êtes sûr que bientôt je pourrai me remettre sur les traces de l'infâme....

RIFOLET.

Sûr et certain... cette dame a tout pouvoir sur le directeur le plus influent...

FÉLICITÉ.

Un directeur!.. Eh! mais alors... la lettre que ce pauvre jeune homme m'a remise au dernier relai de la diligence pour un de ces Messieurs....
(*Elle la tire de sa poche et la montre.*)

RIFOLET, *la prenant.*

Donnez, donnez, cousine... je leur en ferai part...

FANNY, *à mademoiselle Sannois.*

Madame peut compter sur moi!..

MADEMOISELLE SANNOIS.

Air : *Adieu donc, je vous quitte.*

(*Mauvais Père.* Gaîté.)

Adieu, Madame, et prenez patience...
Si mes vœux sont remplis,
Vous pouvez avoir confiance,
Les vôtres seront accomplis''',

FÉLICITÉ, *à part.*

Avec bienveillance, on m'accueille !
Mais le monstre ! il faudra, ma foi !
Que de lui personne ne veuille,
S'il cesse de vouloir de moi !

Fanny, Félicité, Rifolet, Mlle Sannois.
Fanny, Mlle Sannois, Félicité, Rifolet.
Mlle Sannois, Fanny, Félicité, Rifolet.

ENSEMBLE.

FÉLICITÉ.

Madame, alors, j'ai donc l'espérance
De voir mes vœux remplis ;
Car tous les vôtres sont d'avance,
Toujours certains d'être accomplis.

FANNY ET RIFOLET.

Allons cousine, madame, on tiendra, je pense,
Tout c' qu'on vous a promis.
Vous devez avoir confiance,
Tous nos vœux seront accomplis !

MADEMOISELLE SANNOIS.

Allons! adieu, mais prenez patience, etc.

RIFOLET, *sur la ritournelle.*

Adieu, cousine... à tantôt..... Adieu, Fanny... sans rancune...

FANNY, *à Félicité.*

Par ici, Madame... (*Elle lui désigne la porte à droite.*)
(*Rifolet s'en va par le fond ; mademoiselle Sannois est sortie par la gauche, et Fanny fait entrer Félicité dans la chambre à droite.*)

SCÈNE V.

FANNY, *puis* GEORGES.

FANNY, *à Félicité.*

La seconde porte dans le corridor... là... bien, Madame; excusez, je suis à vous dans l'instant. (*Revenant en scène et riant.*) Ah! ah! ah! en voilà une drôle de femme ! quelle amoureuse tragique!.. Je craignais à tout moment que l'objet de sa flamme n'arrivât.... mais il tarde bien... voici la nuit... comment se fait-il? Ah! je crois entendre... (*Voyant entrer par le fond Georges une lanterne à la main.*) Eh! bien, Georges*?

GEORGES, *mystérieusement.*

Tout à réussi, ils sont là!

FANNY.

Comment, ils sont là?

GEORGES.

Oui, ils sont deux!

FANNY.

Quoi! ce monsieur?

GEORGES.

Et une espèce de domestique noir qui est avec lui...

FANNY.

Mais il faut absolument qu'il le renvoie..... madame veut qu'il reste seul, entendez-vous?...

GEORGES.

Ça suffit, mademoiselle Fanny.

* Georges, Fanny.

FANNY.

Faites entrer... et dites que madame va venir...
(*Elle sort par la gauche.*)

SCÈNE VI.
GEORGES, ARISTIDE, UN NÈGRE.

GEORGES, *ouvrant la porte du fond.*

Monsieur!

ARISTIDE, *entrant* [*].

Voilà! (*Il est suivi d'un nègre qui se tient un peu à l'écart, en ne le perdant pas de vue, et lui faisant des signes à la dérobée. A part.*) Je voudrais bien savoir quel est ce moricaud..... il s'est trouvé là, juste au moment où je partais avec le valet qui m'attendait au rendez-vous..... et qui l'aura pris pour mon jockei... Il me faisait des signes... encore une émotion... Avec ça que je ne suis pas très rassuré... Il faut qu'il ait quelques raisons... peut-être un avis secret à me donner... Au fait, à sa nuance.... quoiqu'un peu foncée.... il peut bien faire partie de la patrouille grise.....

GEORGES, *qui a allumé des flambeaux.*

Si Monsieur veut se donner la peine de s'asseoir, Madame ne peut tarder..... mais je suis chargé de dire à Monsieur que son domestique ne doit pas rester...

ARISTIDE.

Mon domestique! ah! oui... Vendredi! (*A part.*) Toujours des signes, je suis peu au fait de ce langage télégraphique... pourtant je crois comprendre qu'il voudrait me parler..... (*A Georges*). C'est bon, Champagne ou Jasmin, je ne sais pas au juste...

GEORGES.

Georges, Monsieur!

ARISTIDE.

Alors, Champagne, j'ai quelques ordres à donner à cet homme de couleur..... après quoi, il filera... ces gens-là sont très obéissants... c'est une habitude qu'on leur fait contracter dès l'enfance aux colonies!...

GEORGES.

Ah!

ARISTIDE.

On leur dit : Va-t-en!.. et ils filent...

GEORGES, *s'approchant avec familiarité.*

Ah! des esclaves!...

ARISTIDE, *avec hauteur.*

Sortez!...

GEORGES, *s'inclinant profondément.*

Oui, Monsieur. (*Il sort par le fond.*)

SCÈNE VII.
ARISTIDE, LE NÈGRE [**].

ARISTIDE.

Ah ça! à présent?....

[*] Nègre, Aristide.
[**] Nègre, Aristide, Georges.

LE NÈGRE.

Chut!... (*Il tourne avec précaution autour de l'appartement, écoutant à toutes les portes.*)

ARISTIDE.

Est-ce qu'il est affligé de surdité?.. ou plutôt, je vois ce que c'est, il ne possède que sa langue, la langue nègre..... je suis assez versé dans cet idiome. (*Au Nègre.*) Li pas comprendre langage à beau pays de France?

LE NÈGRE.

Pas si haut, donc! les murs ont des oreilles....

ARISTIDE, *étonné.*

Hein!.. cette voix!..

LE NÈGRE.

Tu vas nous compromettre!

ARISTIDE, *reculant.*

Quoi!.. comment! il serait possible?..

LECOQ.

Eh! oui... c'est moi, Lecoq!

ARISTIDE.

Vous, mon père!

LECOQ.

Chut!

ARISTIDE, *baissant la voix.*

Vous, mon père! un sous-chef de bureau transformé en indigène de la côte de Guinée... pourquoi donc avez-vous changé de peau?..

LECOQ.

Plus bas, te dis-je?..

ARISTIDE, *baissant la voix.*

Pourquoi donc avez-vous changé de peau?

LECOQ.

Nous sommes environnés de périls....

ARISTIDE, *effrayé et baissant la voix.*

Ah! vous croyez?..

LECOQ.

C'est encore une idée que j'ai eue...

ARISTIDE, *riant.*

Une idée noire?...

LECOQ.

Et ingénieuse, je m'en flatte..... je n'ai pas eu le temps de te la communiquer d'avance, mais...

ARISTIDE.

Développez, développez l'idée...

LECOQ.

J'ai réfléchi... il est clair que si je ne t'avais pas accompagné, je n'aurais pu connaître la maison où l'on t'a conduit...

ARISTIDE.

Ah! sarpebleu! c'est vrai... vous n'auriez pu connaître...

LECOQ.

Or, afin de n'éveiller aucun soupçon, je me suis...

ARISTIDE, *chantant.*

Caché sous les habits d'un esclave africain.

[*] Aristide, nègre.

(*Parlé.*) C'est fort adroit !

LECOQ.

Et, grâce à ce déguisement obscur, j'ai bien observé tous les dehors de la place... à cette heure que tu es dedans, je m'en vais et t'y laisse tranquille !.. (*Il remonte.*)

ARISTIDE*.

Je suis dedans... je suis dedans... j'en ai peur... il est joli ; et il s'en va tranquille, mais je ne le suis pas, moi !..

LECOQ.

Il faut bien que j'aille rejoindre mes hommes !

ARISTIDE.

Vos hommes ! attendez-donc, je réfléchis à mon tour... c'est une femme, une simple femme qui m'a donné rendez-vous ici... d'accord... mais il y en a peut-être aussi, des hommes ici?..

LECOQ, *redescendant.*

Peut-être?.. je l'espère bien !

ARISTIDE.

Et vous me laissez?..

LECOQ.

J'espère bien que toute la bande de ces infâmes scélérats...

ARISTIDE.

Toute la bande !.. ah ! mais dites donc?.. je ne suis pas de force... une bande... je ne suis pas de force...

LECOQ.

Ne crains donc rien. Dans cinq minutes au plus, nous aurons cerné la maison... pour t'en avertir, je tousserai très fort... tu sais que j'ai un creux solide... (*Il tousse.*) Tu m'entendras... et à ton premier signal...

ARISTIDE.

Mon signal ! quel signal?..

LECOQ.

Ah ! diable ! en effet, j'oubliais... (*Tirant de sa poche une paire de pistolets, qu'il lui présente.*) Tiens !

ARISTIDE, *reculant.*

Hein?.. qu'est-ce que c'est que ça ?..

LECOQ.

Eh bien ?.. des armes... çà te servira à imposer d'abord, en cas de besoin, et ensuite à nous prévenir...

ARISTIDE, *les prenant.*

Ah! bon !

LECOQ.

Tu feras feu dès que tu auras trouvé la pie au nid !..

ARISTIDE.

Qu'entendez-vous par la pie au nid ?

LECOQ.

Je veux dire... dès que tu te seras assuré que c'est bien ici le repaire... comme tout semble nous

Lecoq. Aristide.

le prouver... sitôt que tu seras certain de la présence des malfaiteurs.. ou qu'ils seront prêts à fondre sur toi ?..

ARISTIDE.

Fondre sur moi !., diable ! ne perdez pas de temps au moins... si vous tardiez trop, pendant que je les tiendrai en respect...

LECOQ.

N'aie donc pas peur !

ARISTIDE, *faisant le brave.*

Peur ! ah bien ! oui... je ne crains qu'une chose... c'est que devançant l'action de la loi... je ne pulvérise un certain nombre de ces brigands... (*Tout en parlant, il met les pistolets dans sa poche de portefeuille, de manière qu'au moindre mouvement les crosses puissent s'apercevoir.*)

LECOQ.

Oui, ce serait affreux... (*A part.*) Mais comme je veux saisir les scélérats vivants, je n'ai chargé mes pistolets qu'à poudre...(*Haut.*) Allons, adieu! en partant, je vais examiner les localités intérieures. . toi, mets bien toutes tes facultés en jeu...

ARISTIDE.

Mais vous, n'oubliez pas la toux !

LECOQ.

Comment?

ARISTIDE, *toussant.*

Hum !.. hum !..

LECOQ.

Oui... oui... je te le répète, j'ai un excellent creux !..

ENSEMBLE.

Air : *Fra-Diavolo.*

De la prudence,
De la vaillance,
Soyons d'avance,
Fiers et joyeux !
Car j'ose croire
A la victoire,
Et quelle gloire
Pour tous les deux !

(*Lecoq sort par le fond.*)

SCÈNE VIII.

ARISTIDE, *seul ; il jette les yeux de tous côtés d'un air peu rassuré.*

Le sort en est jeté !.. me voilà seul et livré à moi-même... hein! hein! j'éprouve un effet physique fort singulier !.. (*Il regarde autour de lui.*) Après tout, ce riche mobilier... ces tableaux, ces dorures... à bien regarder... ce repaire, comme l'appelle le père Lecoq... ce repaire n'est pas dépourvu d'élégance... néanmoins, je ne sais pas pourquoi je regrette les simples meubles de la veuve Guibert... née Félicité ! avec elle du moins, je ne risquais que des égratignures... mais avec des besicles... tandis qu'ici... pauvre Félicité!.. avoir souffert qu'on la mît au violon! Parole d'honneur, dans ce moment suprême, j'éprouve... comme des remords... qui me dérangent beaucoup... sont-ce bien des remords... ou plutôt... (*Prétant l'oreille.*) Hein? qu'est-ce que j'entends?.. par ici!.. est-ce que déjà?..

Air : *Ah! mon cœur.* (*Gribouillet*, Porte-St-Martin.)

> Ah! mon cœur, oui, mon cœur est agité
> Par un effroi vraiment inusité!...
> Serai-je donc en ce lieu détesté,
> Victime, hélas ! de la perversité !
> Mais le bruit cesse... allons, je me sens mieux...
> Ma peur s'en va... (*Tremolo à l'orchestre*)
>   Grands Dieux!... (*Il écoute à gauche.*)
> Par là, maintenant... éprouva-t-on jamais
> D'aussi déplaisants ricochets?
>   (*Plus vivement.*)
> Ah! mon cœur, oui, mon cœur est agité !
> Par un effroi, vraiment inusité,
> Mais dois-je donc en ce lieu détesté,
> Livrer ma tête à la férocité !

Oui... les brigands veulent m'envelopper... je suis entre deux feux... mon sang se fige... et le père Lecoq... qui ne tousse pas encore... la porte s'ouvre... Aux armes !..

(*Il va saisir les pistolets qu'il cache vivement en voyant paraître Mademoiselle Sannois, en toilette très recherchée, précédée de Fanny qui l'éclaire, et suivie de deux domestiques portant un guéridon avec des rafraîchissements!*)

SCÈNE IX.

ARISTIDE, MADEMOISELLE SANNOIS, FANNY, *deux domestiques qui sortent après avoir posé le guéridon*.

ARISTIDE, *à part*.

Tiens ! C'est la Sirène !..

ENSEMBLE.

Air : *Je n'y puis rien comprendre.*

(Deuxième acte *des Couleurs.*)

ARISTIDE.

> Faut-il qu'un doute gêne
> En ces lieux mon plaisir !
> Si c'est une Sirène,
> On ne peut mieux choisir !

MADEMOISELLE SANNOIS ET FANNY.

> Il pense qu'on l'amène,
> Ici pour son plaisir !
> À me la tirer de peine
> Voudra-t-il consentir ?

* Fanny, Mlle Sannois, Aristide.

MADEMOISELLE SANNOIS.

Veuillez m'excuser, Monsieur, de vous avoir laissé seul si longtemps... et recevoir mes remerciments pour votre aimable exactitude !..

ARISTIDE, *embarassé*..

Certainement, beauté ravissante... on ne saurait mettre trop d'empressement...

MADEMOISELLE SANNOIS.

Et pour l'honneur que vous voulez bien me faire de souper avec moi !..

ARISTIDE.

Souper avec vous ! (*A part.*) Ça me rassure tout-à-fait... la bande ne paraîtra probablement qu'au dessert, et jusque-là j'attraperai toujours quelque bon morceau.

FANNY, *indiquant le guéridon*.

Si, en attendant, Monsieur, désire se rafraîchir...

ARISTIDE.

Merci, gracieuse Hébé !.. il n'est aucun rafraîchissement capable d'éteindre le feu qui dévore mon pauv-e cœur... (*En apuyant la main sur son cœur, il fait sortir la crosse des pistolets.*)

MADEMOISELLE SANNOIS.

Que vois-je ?..

FANNY, *se reculant*.

Des pistolets !..

ARISTIDE, *à part*.

Maladroit !.. (*Haut, riant et contraint,*) ne... ne faites pas attention... ce sont mes gardes du corps !..

MADEMOISELLE SANNOIS, *souriant*.

Je conçois !... ne connaissant pas ce quartier isolé...

FANNY.

Oui, ne connaissant pas ce quartier isolé.

ARISTIDE, *troublé*.

En effet... je ne connaissais pas... (*A part.*) où diable ai-je été montrer...

MADEMOISELLE SANNOIS.

Je l'avoue... je ne puis voir sans une peur affreuse... et je ne pense pas que vouliez effrayer les dames !..

ARISTIDE.

Ah! je ne suis pas fait pour ça...

MADEMOISELLE SANNOIS.

Alors, vous serez assez bon ?..

ARISTIDE.

Soyez tranquille, il ne sortiront plus de ma poche.

MADEMOISELLE SANNOIS.

Non, non... vous les déposerez sur un meuble un peu loin...

FANNY.

Oui... très loin...

** Mlle Sannois, Fanny, Aristide.

** Fanny, Mlle Sannois, Aristide.

MADEMOISELLE SANNOIS.

Autrement je n'oserais rester près de vous.

ARISTIDE.

Ah!... ah!.. (*A part.*) Allons, belle enchante-resse, je vous rends les armes... (*A part.*) ah ! ah !... (*Il tire les pistolets de sa poche, et va les déposer sur une console au fond. A part.*) Mais je ne les perds pas de vue...

MADEMOISELLE SANNOIS.

Combien je vous sais gré de cette déférence, monsieur Aristide ?

ARISTIDE, *à part, se retournant très surpris.*

Hein ! Il me semble qu'elle a prononcé mon nom... (*Regardant Fanny qui rit à la dérobée.*) et la soubrette! ce rire satanique !..

MADEMOISELLE SANNOIS.

Fanny, va veiller à ce que tout soit bientôt prêt...

ARISTIDE, *à part.*

Tout soit bientôt prêt... la frayeur me regaloppe...

FANNY.

Oui, Madame !...

MADEMOISELLE SANNOIS.

Et surtout ne manque pas de m'avertir sitôt qu'Hippolyte arrivera...

ARISTIDE, *à part.*

Hippolyte !.. un homme !.. un homme !..

MADEMOISELLE SANNOIS.

Air : *Ah! quel plaisir ! ah! quelle ivresse.*

(*Puits d'amour.*)

Allons, et de la diligence ;
Longtemps du moins, j'en ai l'espoir,
Monsieur gardera souvenance
De l'accueil qu'il va recevoir.

FANNY [*].

Assurément, Monsieur mérite,
Pour lui tout ce que l'on fera.

ARISTIDE, *à part.*

Je n'aime pas son Hippolyte...
Quel peut-être ce gaillard-là ?...

ENSEMBLE.

J'ai fait, je crois, une imprudence [**]
En me rendant ici ce soir...
Et je crains beaucoup, quand j'y pense...
L'accueil que je vais recevoir...

MADEMOISELLE SANNOIS.

Allons, et de la diligence, etc.

FANNY.

Comptez sur notre diligence, etc.

(*Fanny sort par la gauche.*)

[*] Mlle Sannois, Fanny, Aristide.
[**] Fanny, Mlle Sannois, Aristide.

SCÈNE X.

ARISTIDE, MADEMOISELLE SANNOIS [*].

ARISTIDE, *à part.*

Hippolyte !.. si c'était le chef des brigands ! ça m'inquiète, avec ça que je n'entends pas tousser...

MADEMOISELLE SANNOIS, *à part, passant entre Aristide et la console où sont les pistolets.*

Voici le moment d'obtenir de lui...

ARISTIDE, *à part, allant vers la fenêtre.*

Je voudrais pourtant bien savoir si le père Lecoq est là avec ses hommes. (*Se retournant.*) Allons, bien ! elle s'est mise devant mes pistolets. s'il fallait donner le signal... j'aurais le temps d'être massacré... je frissonne... je suis dans la position d'une sentinelle complètement perdue...

MADEMOISELLE SANNOIS, *se rapprochant.*

A quoi pensez-vous donc, Monsieur?..

ARISTIDE, *se remettant et s'efforçant de sourire.*

A vous..... à vous! fleur de beauté!... à vous seule !...

MADEMOISELLE SANNOIS.

Vous n'avez rien voulu accepter de la main de Fanny... Mais, de la mienne, vous ne refuserez pas, j'espère... (*Elle prend un flacon.*)

ARISTIDE.

D'une aussi belle main, ce serait un crime de lèse-galanterie... (*A part.*) Au fait, ça me donnera du ton, ça me remontera le moral..... (*Ils s'asseyent. — Haut, regardant le flacon avec lequel mademoiselle Sannois a versé.*) Ah! la liqueur à la mode... du parfait-amour... c'est de circonstance... c'est de circonstance! (*Il boit.*)

MADEMOISELLE SANNOIS, *souriant.*

Savez-vous que vous avez infiniment d'esprit, monsieur Aristide ?..

ARISTIDE, *à part.*

Je ne m'étais pas trompé... c'est bien mon nom !

MADEMOISELLE SANNOIS.

D'où naît votre surprise? Serait-ce de ce que la renommée a fait parvenir jusqu'à moi le nom d'un homme dont la brillante réputation s'étend depuis Caen jusqu'à Paris.

ARISTIDE.

Depuis Caen ?..... (*A part.*) C'est une bohémienne !... elle a dû faire les cartes...

MADEMOISELLE SANNOIS.

De ce que me fiant à cette réputation d'homme aimable et délicat.... j'ose espérer de votre obligeance une grâce...

ARISTIDE, *à part, étonné.*

Une grâce !..

MADEMOISELLE SANNOIS, *câline.*

Il est si doux, pour un jeune homme galant,

[*] Mlle Sannois, Aristide.
[**] Aristide, Mlle Sannois.

d'être agréable aux dames... Je ne doute pas que vous ne vous empressiez de me rendre le service que j'attends de vous!...

ARISTIDE, *se levant brusquement.*

Un service!.. quel genre de service?..

MADEMOISELLE SANNOIS, *câline.*

Vous me le promettez, n'est-il pas vrai, monsieur Aristide? (*Aristide se rassied. — Hésitant.*) Voici... en deux mots, le mystère que je confie à votre délicatesse... un imprudent... porte, depuis longtemps, ombrage à quelqu'un..... qui a sur moi des droits... à ce M. Hippolyte..... dont je parlais tout-à-l'heure...

ARISTIDE.

Ah! (*A part.*) Décidément Hippolyte est un monsieur...

MADEMOISELLE SANNOIS.

Ce jeune imprudent..... est venu me rendre.... en secret... visite avant-hier au soir.... on l'a vu cependant, mais sans le reconnaître... et si l'on apprenait... vous ne savez pas quelles suites funestes?..

ARISTIDE.

Eh bien?

MADEMOISELLE SANNOIS.

Eh bien! mon sort dépend de vous, Monsieur...

ARISTIDE.

De moi?..

MADEMOISELLE SANNOIS.

Vous, sur qui l'on ne peut concevoir aucun soupçon.

ARISTIDE, *souriant.*

Eh! eh!

MADEMOISELLE SANNOIS.

Dont on ne peut être jaloux.

ARISTIDE, *vexé.*

Mais!...

MADEMOISELLE SANNOIS.

Puisqu'on ne vous connaît pas.

ARISTIDE, *souriant.*

Ah! ah! je disais aussi!..

MADEMOISELLE SANNOIS.

Soyez assez bon pour convenir que c'est vous qui avez été l'auteur de cette démarche imprudente!...

ARISTIDE.

Moi!... (*A part.*) Eh! mais, d'après ça, nous avons porté un jugement ténébreux... ça n'est pas la Sirène!... ça n'est qu'une femme... légère... et alors... ma foi.... je n'aurai point perdu mes pas... le père Lecoq seul en sera pour sa patrouille grise!..

MADEMOISELLE SANNOIS.

Vous vous taisez?..

ARISTIDE, *à part.*

Ah! je renais... je reviens à la vie! (*Haut.*) Non, femme adorable..... je vous le rendrai ce service... je vous le rendrai avec béatitude, avec volupté!

MADEMOISELLE SANNOIS, *se levant.*

Ah! Monsieur!...

ARISTIDE, *de même.*

Oui... je serai ce jeune homme... mais à une condition! (*Il va écouter au fond, puis redescend.*)

MADEMOISELLE SANNOIS.

Comment!

ARISTIDE [*].

C'est qu'il me sera permis d'espérer un destin aussi doux que le sien.

MADEMOISELLE SANNOIS, *souriant.*

Que dites vous? aussi doux ..

ARISTIDE.

Oui... car je le jure par ce parfait-amour, qui exalte le mien!.. j'éprouve pour vous une passion énorme, gigantesque, cyclopéenne!

MADEMOISELLE SANNOIS, *riant.*

Ah! ah! ah!

ARISTIDE.

Ah! il n'y a pas de quoi rire... je ne plaisante pas, je l'éprouve... ma petite parole panachée!

ENSEMBLE.

Air : *Je t'aime* (*Veau d'or.* Gymnase.)

Je t'aime (*bis.*)
Crois en mon ardeur,
Mon ardeur extrême
Demande ton cœur.
Je t'aime! (*bis.*)
Et nul, sur l'honneur
N'aimera de même ;
J'aime avec fureur!

MADEMOISELLE SANNOIS.

Il m'aime, (*bis.*)
Qu'importe à mon cœur!
A ce stratagème
Je dois mon bonheur!
Il m'aime !
Malgré sa fureur,
Sa folie extrême
Ne me fait pas peur.

MADEMOISELLE SANNOIS [**].

Cette violence...
Monsieur,

ARISTIDE.

Ce n'est rien...
Tu connais, je pense,
Le Vésuve... eh bien!
Mon âme en délire
Est plus qu'un volcan!
Et, pour te séduire,
J'arrive de Caen!...

ENSEMBLE.

Je t'aime, etc.

MADEMOISELLE SANNOIS, *à part.*

Il m'aime, etc.

(*On entend tousser au dehors.*)

[*] Mlle Sannois, Aristide.
[**] Aristide, Mlle Sannois.

ARISTIDE, *à part.*
Oh ! le creux du père Lecoq.

MADEMOISELLE SANNOIS.
Qu'avez-vous ?

ARISTIDE.
En veux-tu encore une preuve de mon amour ?
je vais t'en donner une terrible !..

MADEMOISELLE SANNOIS, *se retenant de rire.*
Ah ! mon Dieu !.

ARISTIDE.
Tant pis ! je me perds peut-être... car rien ne
me dit que tu ne sois pas encore la Sirène.

MADEMOISELLE SANNOIS.
La Sirène ?

ARISTIDE.
Mais, pour toi, j'oublie mon devoir... je vais
trahir la haute mission politique dont je suis investi...

MADEMOISELLE SANNOIS, *avec inquiétude.*
Comment ?..

ARISTIDE.
Tu as cru que je n'avais sollicité accès près de
toi, que pour te peindre mon amour... Eh bien !
change une lettre ! change une lettre ! ce n'était
pas pour le peindre, c'était pour le feindre !

MADEMOISELLE SANNOIS, *vivement.*
Le feindre ! expliquez-vous... dans quel but ?..

ARISTIDE.
J'étais venu ici pour te faire coffrer... toi, et
les infâmes accolytes qu'on te suppose... et pour
ça je n'avais qu'un signal à donner, voilà !..

MADEMOISELLE SANNOIS, *avec anxiété.*
Un signal !

ARISTIDE.
Oui, un coup de pistolet !.. (*Les indiquant.*) de
ces pistolets.

MADEMOISELLE SANNOIS, *à part, agitée..*
O Ciel ! qui a pu faire naître de pareils soupçons ?.. (*On entend tousser en dehors.*)

ARISTIDE.
Hein !...

Air : *Aux braves hussards du 2e.*

Entends-tu cet homme qui tousse,
Victime d'un rhume obstiné...
Entends-tu les soupirs qu'il pousse...
Ne plains-tu pas cet être infortuné
D'être à ce point ce soir enchiffrené !...
    (*Lui prenant la main avec force.*)
Eh bien ! ce n'est pas d' la réglisse
Qu'il faut qu'il prenne en ce moment, crois moi...
Le seul remède à son affreux supplice,
Qu'il doive prendre, entends-tu bien, c'est toi !
Le seul remède à sa quinte !... c'est toi !...

MADEMOISELLE SANNOIS, *très effrayée.*
Moi ?..

ARISTIDE, *allant à la fenêtre.*
Oui, cet homme excessivement

avec la force armée... il me prévient que je puis
donner le signal !.. (*On tousse encore.*)

MADEMOISELLE SANNOIS.
Oh ! ciel !..

SCÈNE XI.

LES MÊMES, FANNY[*].

FANNY, *accourant par la gauche.*
Madame, Madame, j'ai entendu marcher dans
le jardin... c'est lui, j'en suis sûre...

MADEMOISELLE SANNOIS.
Hippolyte ! que va-t-il penser ?.. (*Fanny retourne par la gauche.*)

ARISTIDE, *vivement.*
Hippolyte !.. celui qui a des droits... mettez le
verrou ! qu'il n'entre pas[**]... (*Se jetant aux genoux de mademoiselle Sannois.*) Je me prosterne
à tes genoux ! Parle d'abord.

MADEMOISELLE SANNOIS.
Mais, Monsieur !

ARISTIDE[***].
Réponds que tu réponds à ma flamme !

SCÈNE XII.

LES MÊMES, FÉLICITÉ[****].

FÉLICITÉ, *entrant par la droite et à part.*
Oh ! je suis sûre que c'est sa voix ! (*Apercevant
Aristide.*) Ciel !

MADEMOISELLE SANNOIS, *à Aristide.*
Oh ! je vous en prie, éloignez ceux qui vous
donnent ce signal !

ARISTIDE, *à genoux.*
Oui ; mais avant tout, dis que tu seras mon
ange, ma Vénus, mon idole !.. (*On tousse avec
impatience.*) Oui, oui ! tousse tant que tu vou-
dras !.. non, je ne le donnerai pas ce signal fem-
micide !

MADEMOISELLE SANNOIS.
De grâce ! éloignez-les !..

ARISTIDE, *se levant.*
Eh bien, oui... à toi, mon cœur, mon sang,
ma vie...

FÉLICITÉ, *à part.*
Oh ! c'en est trop.

ARISTIDE.
A toi tout...

FÉLICITÉ, *saisissant un pistolet.*
Tiens, perfide !.. (*Le coup part.*)

MADEMOISELLE SANNOIS ET FANNY.
Dieu ! (*Mademoiselle Sannois se laisse aller
sur un fauteuil.*)

[*] Aristide, Fanny, Mlle Sannois.
[**] Fanny, Aristide, Mlle Sannois.
[***] Fanny, Mlle Sannois, Aristide.
[****] Fanny, Mlle Sannois, Aristide, Félicité

ARISTIDE, *tombant sur le canapé.*
Ah ! touché !.. je suis mort !

FÉLICITÉ.
Ah ! malheureuse !

SCENE XIII.

LES MÊMES, LECOQ, SOLDATS*, *entrant par le fond.*

CHŒUR.

Air : *du duc d'Olonne.*

Quel affreux mystère,
En ces lieux courons !
Dans ce vil repaire
Cherchons,
Poursuivons !

(Des soldats sortent par la gauche, d'autres par la droite.)

LECOQ, *courant à Aristide.*
Que vois-je ! mon fils.

TOUS.
Son père !..

ARISTIDE, *se retournant comme s'il avait des convulsions.*
Ah! c'est vous !..

FÉLICITÉ, *à part.*
Quoi ! il avait un père de cette couleur-là !..

ARISTIDE.
Eh bien !.. vous êtes gentil !.. vous arrivez à cette heure-ci!.. enfin... que j'exhale au moins mon dernier soupir dans le sein paternel !..

FANNY, *pleurant.*
Pauvre jeune homme !

FÉLICITÉ.
Son dernier soupir ! ah !.. qu'ai-je fait ?..

LECOQ, *pleurant.*
Voilà donc, comme ils me l'ont arrangé, les tigres !

ARISTIDE, *d'une voix mourante.*
Ne les accusez pas, papa, c'est l'amour, l'amour seul !..

LECOQ.
L'amour !

FÉLICITÉ, *sanglottant.*
Oui, oui, Monsieur le Noir... non... je veux dire, Monsieur Lecoq... c'est moi !..

LECOQ.
Vous, comment ?

FÉLICITÉ, *pleurant et s'élançant vers le second pistolet.*
Ah ! je ne lui survivrai pas...

FANNY.
Ah ! mais, Madame, pas de bêtises.

LECOQ, *lui retirant le pistolet des mains.*
Eh ! mais ! ce sont mes pistolets !..

ARISTIDE.
Oui, retenez son bras !

* Mlle Sannois, Fanny, Lecoq, Félicité, Aristide,

LECOQ.
Eh ! ce n'est pas la peine... ils ne sont chargés qu'à poudre...

TOUS.
Qu'à poudre ! (*Mademoiselle Sannois se lève*.)

ARISTIDE, *se mettant vivement sur son séant.*
Qu'à poudre, en êtes-vous bien sûr ?

LECOQ.
Eh ! oui, sans doute !

ARISTIDE.
Mais alors, dans ce cas-là, je ne suis pas mort... j'aime mieux ça... j'aime beaucoup mieux ça... (*Se laissant aller dans les bras de son père.*) Ah ! j'en mourrai !

LECOQ.
Mon fils !

ARISTIDE, *se relevant.*
De joie !

FÉLICITÉ.
Cher Aristide !..

LECOQ.
Mais alors les brigands !..

VOIX, *à gauche.*
Nous en tenons un ! nous le tenons...

LECOQ.
Ah ! Dieu soit loué !

SCENE XIV ET DERNIÈRE.

LES MÊMES, HIPPOLYTE , SOLDATS", *entrant par la gauche.*

HIPPOLYTE, *tenu au collet par les soldats et d'une voix terrible.*
Insolents !..

MADEMOISELLE SANNOIS.
Hippolyte!

FANNY.
Monsieur Hippolyte !

TOUS, *stupéfaits.*
Monsieur le directeur !..

LECOQ, *à part.*
Quelle atroce bévue ?.. (*Haut, aux soldats.*) Sortez !.. sortez !.. (*Les soldats sortent par le fond.*)

HIPPOLYTE.
Que signifie un tel scandale ?..

LECOQ, *avec confusion.*
Pardonnez, Monsieur le directeur !..

HIPPOLYTE.
Quoi !.. quelle est cette figure...

LECOQ.
C'est moi... Lecoq... ainsi métamorphosé... pour le service de l'État... on m'avait désigné cette maison, comme recélant les auteurs de tous ces rapts !..

HIPPOLYTE.
Ils sont découverts.

* Fanny, Mlle Sannois, Lecoq, Aristide, Félicité.
* Fanny, Mlle Sannois, Hippolyte, Lecoq, Aristide, Félicité.

MADEMOISELLE SANNOIS ET FANNY.

Vraiment?..

HIPPOLYTE.

Oui, c'étaient, comme je le pensais, de dangereux voleurs associés à d'infâmes courtisanes !
mais ils vont être arrêtés, grâce à une lettre qui
m'a été remise par Rifolet...

FÉLICITÉ, *vivement.*

La lettre que j'ai apportée pour le Directoire....

ARISTIDE, *à part.*

Ah ! c'est là monsieur Hippolyte !.. je suis à
mon affaire... (*Haut*.) Permettez , Monsieur le
Directeur, que je me félicite d'avoir l'honneur de
me trouver devant un personnage aussi... déjà je
m'étais présenté chez Madame, avant hier...

HIPPOLYTE.

Comment?..

ARISTIDE, *appuyant.*

Avant hier au soir... pour la supplier de s'in-
téresser auprès de vous à mon respectable père,
le père Lecoq, ici présent ! et de lui faire obtenir
le grade de chef de bureau...

LECOQ, *à part.*

Qu'est-ce qu'il dit ?..

MADEMOISELLE SANNOIS, *à part.*

C'est très bien... je respire !..

ARISTIDE.

Cette merveilleuse beauté dont je suis le frère
de lait! (*A part.* Ça ne peut pas mal faire), dont je
suis le frère de lait, a daigné me promettre qu'elle
joindrait ses instances aux miennes !..

HIPPOLYTE, *à Mademoiselle Sannois.*

Est-il vrai?..

MADEMOISELLE SANNOIS, *baissant les yeux.*

Je n'ai pas cru trop présumer de l'effet de mes
prières, et si...

HIPPOLYTE.

Maître Lecoq s'est pourtant bien mal acquitté
de ses fonctions aujourd'hui...

ARISTIDE, *avec chaleur.*

Mal acquitté !.. Vous l'accusez !.. mais il est
blanc comme neige... je ne parle pas du physique...

LECOQ.

Certes, on m'aura noirci à vos yeux !..

ARISTIDE.

Lui qui sacrifiait son propre fils au bien public... et d'ailleurs ces affreux criminels... n'ont-

* Fanny, Mlle Sannois, Hippolyte, Aristide, Lecoq,
Félicité.

ils pas été découverts au moyen d'une lettre apportée par une femme qui m'est bien chère...

MADEMOISELLE SANNOIS.

Au fait, cher Hippolyte !..

HIPPOLYTE.

Eh bien ! belle dame !.. puisque vous protégez
la famille Lecoq.

LECOQ.

Ah ! Madame ! M. le directeur !..

FÉLICITÉ, *tendrement.*

Tu ne me délaisseras plus, Aristide?.. (*Fron-
çant le sourcil et élevant un peu ses mains en
forme de griffes.*) Autrement tu me connais...

ARISTIDE.

Oui, oui, Félicité !.. je suis à toi... à toi seule...
(*A part.*) Décidément... je porterai des besicles !..
je l'épouserai ; mais j'en porterai !...

CHŒUR FINAL.

ARISTIDE ET FÉLICITÉ, HIPPOLYTE ET Mlle SANNOIS.

Pour jamais,
Douce paix ,
Règne dans notre ménage !
De nos âmes chassons
Et l'ombrage
Et les soupçons !

FANNY ET LECOQ.

Pour jamais,
Douce paix ,
Demeure dans leur ménage !
Préserve leur maison
De l'ombrage
Et du soupçon.

ARISTIDE, *au public.*

Air : *Ah! si madame me voyait !*

Ah! quelle ivresse pour papa,
Si, devant ce public d'élite ,
J'obtenais une réussite,
Quand il me voit...

LECOQ, *de même.*

Quand je suis là !

ARISTIDE.

Ah! quelle ivresse pour papa !
Mais, loin du bravo qu'il espère,
S'il entendait...

LECOQ.

Un autre bruit que ça,
Je rougirais d'être son père !

ARISTIDE.

Ne faites pas rougir papa! (*bis.*)

REPRISE DU CHŒUR.

FIN.

IMPRIMERIE HYDRAULIQUE DE GIROUX ET VIALAT, A LAGNY.